Paul Heyse

Der Weinhüter

Paul   Heyse

Der Weinhüter

ISBN/EAN: 9783337354893

Hergestellt in Europa, USA, Kanada, Australien, Japan

Cover: Foto ©Andreas Hilbeck / pixelio.de

Weitere Bücher finden Sie auf **www.hansebooks.com**

Der Weinhüter

Paul Heyse

(1862-63)

Im September eines Jahres, dessen Stadt- und Dorfgeschichten aus Menschengedenken schon entschwunden sind, saß um die schwüle Mittagszeit ein junger Bursch mitten in dem wuchernden Rebenwald, der, dicht an die Stadt Meran herantretend, die Südabhänge des Küchelberges bedeckt. Die übermannshohen Laubengänge, in denen hier der Wein gezogen wird, waren mit dem Segen dieses Jahres so beladen, daß ein dunkelgrünes Zwielicht durch die langen lautlosen Gassen schwebte, zugleich eine träge stockende Glut, in der kein Luftzug Wellen schlug. Kaum wo die kleinen Felstreppen zwischen den einzelnen Weingütern schroff bergan laufen, spürte man, daß man ins Freie auftauchte. Denn das Meer von Siedeglut, das in dem weiten Talkessel wogte, schlug hier doppelt schwer über dem unbeschützten Haupte zusammen. Auch sah man selten einen Menschen des Weges wandern. Nur zahllose Eidechsen liefen feuerfest treppauf treppab und raschelten durch das zähe Efeugestrüpp, das die Grundmauern der Rebenäcker reichlich umrankt. Die dunkelblauen Trauben mit den großen dickschaligen Beeren hingen dichtgedrängt oben an der Wölbung der Laubengitter, und ein seltsam perlender Ton ward in der tiefen Mittagsstille dann und wann hörbar, als kreise vernehmlich der Saft und koche am Sonnenfeuer in dem edlen Gewächs.

Der Bursch aber, der in halber Höhe des Berges einsam unter den Reben saß, schien für diese geheimnisvolle Naturstimmung taub und ganz seinen eignen düstern Gedanken hingegeben. Er trug die uralte abenteuerliche Tracht der Weinhüter oder "Saltner", die lederne Joppe, ärmellos, mit breiten Achselklappen, an denen über den Hemdsärmeln die ledernen Manschetten durch schmale Riemen oder silberne Kettchen festgehalten werden, Kniehosen und Hosenträger ebenfalls von Leder und mit dem breiten, daumdicken Gurt umgürtet, auf dem in weißer

3

Stickerei der Namenszug des Eigners steht, die weißen Stutzenstrümpfe mit durchbrochenem Muster, um den Hals allerlei Zierat von Kettchen, Eber- und Murmeltierzähnen. Aber die Hauptstücke seiner Amtstracht lagen neben ihm im Grase: der hohe dreieckige Trutzhut, über und über mit Hahnen- und Pfauenfedern, Fuchs- und Eichhornschwänzen verbrämt, keine kleine Last zur Zeit der Traubenreife, und die lange wuchtige Hellebarde, mit der die Saltner ihrer drohenden Erscheinung Nachdruck zu verleihen wissen, wenn ein unbefugter Eindringling in ihr Gebiet nicht gutwillig das Pfandgeld erlegen will.

Tag und Nacht, ohne Ablösung, ohne Sonntagsruhe und Kirchgang, um einen mäßigen Lohn durchstreifen diese "lebendigen Vogelscheuchen" jeder das ihm zugewiesene Revier, von der Mitte des Juli, wo die ersten Beeren süß werden, bis die letzte Traube in die Kelter gewandert ist. Ihr saurer Dienst in Hitze und Nässe, obdachlos bis auf den kümmerlichen Schutz ihres Maisstrohschuppens, ist dennoch ein Ehrenamt, zu dem nur die rechtschaffensten Burschen ausersehen werden. Auch haben die gelinden sternklaren Nächte in der freien Höhe, während in den Häusern die Tagesschwüle kaum je verdampft, ihren Reiz, und die Besitzer der Weingüter lassen sich's angelegen sein, die Wächter mit Wein und Speisen reichlich zu versorgen, um sie bei Kräften und guter Laune zu erhalten.

Es schien jedoch dieses Mittel bei dem finstern Burschen, dem wir uns genähert haben, nicht anzuschlagen. Er hatte den Krug mit rotem Wein, das Brot und die großen Schnitte geräucherten Fleisches, die ihm eben erst zur Mittagskost ein kleiner Knabe heraufgeschleppt hatte, unberührt neben sich stehen auf dem platten Stein, der seinen Tisch vorstellte. Eine sehr kleine geschnitzte Pfeife mit silbernem Kettchen war ihm schon lange ausgegangen, und trübsinnig verbiß er die Zähne in das weiche Holz. Er mochte etwa dreiundzwanzig Jahre alt sein, der Bart krauste sich leicht um Kinn und Wangen, die scharfen Züge des Gesichts deuteten auf frühe Leidenschaften; die Stirn aber war, nach der Landessitte, von den Haaren verhängt, die, früh schon dicht über den Augenbrauen abgeschnitten, sich in einzelne Locken gewöhnt hatten und um Schläfe und Nacken ebenfalls gelockt herabhingen. Das gab dem Kopf alle Jugendfrische zurück, die ihm die Schatten unter den dunklen Augen zu nehmen drohten.

Ein langsamer Schritt, der sich unten auf dem Fußsteige näherte, machte, daß er plötzlich aufstarrte, den Hut aufsetzte und die Hellebarde ergriff. Man konnte jetzt sehen, daß sein Wuchs hinter dem landüblichen etwas zurückgeblieben war, immer noch stattlich genug und durch das schönste Ebenmaß der gewölbten Brust und der straffen Schenkel auffallend auf den ersten Blick. Nur der Kopf schien fast zu klein geraten und Hände und Füße gar mit einem Weibe ausgetauscht. Geräuschlos glitt die schmiegsame Gestalt unter den Gewölbgittern entlang, ohne auch nur eine Traube zu streifen, und spähte vom nächsten Felsenvorsprung hinunter auf den Weg.

Eine schmale, schwarzröckige Figur mit hohem, sehr abgetragenem Filzhut kam die breite Gasse zwischen Weinberg und Wiese dahergewandelt, im Schatten der Weidenbäume, ein offnes Buch in den gefalteten Händen, über das hinaus der Blick zufrieden und unbegehrlich nach den schönen Trauben schweifte. Auch ohne den langen Rock, der fast zu den Knöcheln der schwarzen Strümpfe herabreichte, hätte jeder in dem bedächtigen Spaziergänger alsbald die geistliche Person erkannt, und zwar an einigen der liebenswürdigsten Züge, die der großen und mannigfaltigen Gattung unter gewissen Himmelsstrichen

eigen sind. Damals war der heftige Parteienhader zu
Gunsten der Glaubenseinheit in dem gelobten Lande Tirol,
wo die Milch des Glaubens und der Honig des
Aberglaubens so lauter fließen, noch eine unerhörte Sache,
und selbst die Hauptstadt des alten Burggrafenamts Meran,
in der vorzeiten mancherlei Regungen eines neuen Geistes
unliebsam die Ruhe gestört hatten, war wieder in tiefen
Frieden zurückgesunken. Also hatten die Diener der Kirche
keine Ursach, ihren Hirtenstab als Waffe zu schwingen, und
konnten mit aller Gemütsruhe die idyllischen Tugenden
ihres Standes pflegen. Damals begegnete man nicht selten
jenen bescheidenen geistlichen Gesichtern, auf denen eine
gewisse Verlegenheit über ihre eigene Würde deutlich zu
lesen war, eine stete Sorge, der Majestät des lieben Gottes,
dessen Kleid sie trugen, nichts zu vergeben, und doch ihren
ungeweihten Mitgeschöpfen nicht allzu unnahbar feierlich
gegenüberzustehn.

Der freundliche kleine Herr im schäbigen Hut war nun auch
freilich keines der hohen Kirchenlichter, sondern nur ein
Hilfspriester an der Pfarrkirche von Meran, der täglich um
zehn Uhr eine Messe zu lesen hatte und dafür, außer einem
Stübchen in der Laubengasse und einigen andern
Emolumenten, einen Gulden täglicher Einkünfte besaß. Das
Volk, das ihn seines milden Gemütes wegen sehr in Ehren
hielt und nächst den Kapuzinern ihm das größte Vertrauen
zuwendete, nannte ihn nicht anders als den
"Zehnuhrmesser" und bewies ihm auf mannigfache Art seine
Gunst. Es war kein Haus weit und breit, wo, wenn er
ansprach, nicht der Weinkrug und irgend ein Imbiß auf den
Tisch gestellt wurde, so daß es dem wackeren Mann
gelungen war, im Laufe der Zeit zwar nicht die natürliche
Hagerkeit seines Wuchses zu verbessern, aber wenigstens
der Würde seiner Erscheinung durch ein schüchternes
Bäuchlein aufzuhelfen. Dasselbe nahm sich, da es sich mit

dem übrigen Zuschnitt der Figur nur um Gotteswillen vertrug, für ein profaneres Auge spaßhaft aus, wie es schief und ängstlich unter dem dünnen Rocke festgeknöpft saß. Aber zu dem bescheidenen Ausdruck des Gesichts stimmte die verlegentliche Bürde ganz wohl, und es fiel keinem seiner Beichtkinder ein, diesen Spätling der Natur zu belächeln. Auch wußte niemand dem Herrn Zehnuhrmesser eine Unmäßigkeit nachzusagen, es sei denn etwa im Almosenspenden. Denn daß man allerorten sich beeilte, ihn mit dem Besten aus dem eigenen Weinberg zu bewirten, lag zum Teil an dem Rufe, dessen er genoß, als sei viele Stunden weit keine weltliche oder geistliche Zunge besser imstande, die Güte des Weins zu schätzen, seine Dauerhaftigkeit zu bestimmen, und in Fällen, wo ihm durch ein kleines Mittelchen aufzuhelfen war, das richtige anzugeben. "Eine Weinzunge haben wie der Zehnuhrmesser", war noch geraume Zeit das Ehrenvollste, was man von einem Kenner zu rühmen wußte.

Unter den mancherlei Gaben und Tugenden unseres Ehrenmannes war aber der Mut nicht eben die stärkste. Seine Nerven, obwohl er aus einer Bauernfamilie im Passeier stammte, die zu Hofers Kriegen manchen tapfern Schützen geliefert hatte, ließen seine leicht erschütterte Seele bei jeder unversehenen Probe im Stich, außer wo es eine fremde Seele zu retten oder sonst eine hohe Gewissenspflicht zu erfüllen galt. Auch dann zog er es vor, seiner moralischen Kraft erst mit einer physischen Stärkung nachzuhelfen, und sorgte dafür, daß ein mäßiges Fäßchen voll weißem Terlaner, dem er am meisten begeisternde Wirkungen zuschrieb, im Keller seines Hauses niemals ganz versiegte. Heute nun, da er von einem Krankenbesuch im Dorf Algund ohne Labung zurückkehren mußte, war er keiner starken Prüfung gewachsen und erschrak aufs heftigste, als plötzlich dicht neben ihm eine dunkle Gestalt hoch von der

Weinbergsmauer herabsprang und auf ihn zustürzend seine Hand ergriff.

Gelobt sei Jesus Christus! sagte er, am ganzen Leibe zitternd.

In Ewigkeit! antwortete der Bursch.

Du bist's, Andree, mein Sohn? Hab' ich doch gemeint, der böse Feind komme mir mit Macht über den Hals, der ja im Weinberge des Herrn herumschleicht, zu sehen, wen er verschlinge. Nun, nun, wenn man so in Gedanken und Meditationen schwebt, kann's einem schon begegnen, daß euer Hut einem wie das Hörnerhaupt des Leibhaftigen vorkommt. Bist also hier, Andree? Das ist ja wohl dein eigener Grund und Boden, den du hütest, ich meine, deiner Mutter?

Des Burschen Augen wurden finsterer, und das Blut stieg ihm ins Gesicht. Da sei Gott vor, sagte er, daß ich den Fuß setzte in die Güter meiner Mutter. Seit sie mir zu Lichtmeß den Schlag ins Gesicht gegeben hat, weil sie meint', ich hätte Feuer im Stadel angelegt, bin ich nimmer ihr Sohn und betrete ihre Schwelle weder bei Tag noch bei Nacht.

Der geistliche Herr besann sich jetzt erst, daß er einen wunden Fleck berührt hatte. Er schüttelte ernsthaft und mitleidig den Kopf und sagte: Ei, Andree, du sprichst, wie es keinem guten Christen geziemt. Hat nicht unser Herr am Kreuz seinen blutigen Feinden verziehen, und ein Sohn sollt' es seiner Mutter nachtragen, wenn sie ihn auch ungerecht gezüchtigt hat? Ich weiß wohl, daß es dir hart ankommen mag, und daß jenes Mal, wo die Mutter sich vergessen hat, nicht das erste Mal war. Aber sieben mal siebenzigmal sollen wir verzeihen, Andree. Hast du das schon vergessen seit der Kinderlehre?

Nein, Hochwürden, erwiderte der Jüngling fest. Ich hab'
mir's auch angelobt, an jenen Tag nimmer zu denken und
kann's über mich bringen, solang ich vom Hause fernbleibe.
Aber wenn ich zurückkäme, würde mich die Mutter selbst
daran mahnen, weil sie mich haßt und nur darauf sinnt,
wie sie mich plagen und tratzen mag. Sie wird mir auch
mein Erbe entziehen im Testament, selbiges weiß ich gewiß,
und frage nicht viel danach. Ich werd' auch ohne das nicht
verkommen, und gönn' es wohl meiner Schwester. Aber
geschieden sind wir, und da kann keiner was dazu tun. Ich
hab' mich beim Steirer verdungen, drüben in Gratsch, als
Großknecht, und heuer mach' ich den Saltner und hab'
mein Auskommen, ohne einen Kreuzer von Haus. Aber die
Mutter könnte mir sieben Boten schicken und mich mit vier
Rossen zurückholen wollen, ich ginge nicht. Es hat alles
einmal ein End'.

Der kleine Priester sah nachdenklich vor sich hin und
schien der Meinung, daß es geratener sei, die Dinge gehen
zu lassen, anstatt noch weiter mit geistlicher Mahnung
einzugreifen. Er betrachtete jetzt mit kundigen Augen die
Reben oben über der Mauer und sagte:

Der Steirer hat wohlgetan, statt der Bratreben, die sonst hier
standen, die Hertlinger anzupflanzen. Sie sind noch jung,
aber im nächsten Jahr werden sie das Doppelte tragen.

Die stehen nur hier am Rande, erwiderte der Bursch.
Droben ist meist roter Farnatsch und einiges von Geißaugen
dazwischen. Was er drüben hat, unterhalb Dorf Tirol, sind
rote Ferseilen, aber er wird sie heuer ausnehmen und
Setzlinge pflanzen, denn sie haben sich schier zu Tod
getragen.

Auf wieviel Uhren rechnet ihr beiläufig?

Einhundertundvierzig bis—siebenzig immerhin.

Wie steht dir das Saltnern an, Andree? Es mag hart werden auf die,
Länge.

Ha, es passiert, Hochwürden. Noch spür' ich's nicht in den Gliedern.

Hast auch bei Nacht fein die Augen offen?

Die meinigen wohl. Aber sind nur zwei, und ich müßt' ein Dutzend haben, um allerorten zugleich nachzuschauen. Die Weißröcke fangen wieder an, bei Nacht herumzufuragieren; die Weinbeeren sind ihnen grad saftig genug, um ihr Kommißbrot anzufeuchten. Und es kommen ihrer immer viele auf einmal, aber einzeln, und wenn wir einen fassen, haben indes die andern das Feld frei, und es hilft uns nichts, vorm Hauptmann ist doch kein Recht zu erlangen.

Die Stadt sollte sich beklagen.

Ja die Stadt! Da müßten wir Zeugen und Beweise schaffen. Aber wer will's beschwören, wenn wir am Morgen ganze Strecken lang die besten Trauben gestohlen und links und rechts die Reben wie ein Unkraut mit dem Säbel zerhauen finden aus Wüstheit und Schadenfreude, daß das nur die Soldaten getan haben können? Fassen wir einen am Kragen, so weiß er so wenig von Weinbeeren wie's Kind im Mutterleib. Da bleibt nichts, als ihn auf eigene Faust Spießruten laufen zu lassen, daß er's Wiederkommen vergißt. Den nächsten aber, den hängen wir, mein Eid! an den Beinen auf, da mag er bis an den lichten Morgen in der Luft exerzieren.

Es sind arme Teufel, Andree, und die Versuchung ist groß. Ihr solltet's menschlich mit ihnen machen.

Machen sie's denn nicht wie die Bestien? Da seht, Hochwürden—und er wies auf eine Rebe, die glatt mitten durchgeschnitten war, daß das Laub schon welk und gelb an den Ranken hing—das Herz blutet einem, so ein gesundes, friedliches Gewächs, das nur auf der Welt ist, um seinem Herrn das Faß zu füllen, von den Hundsföttern verheert zu sehen, aus purer Niedertracht, uns zum Possen. Find' ich einen einmal beim Werk, so gnad' ihm Gott!

Er schüttelte, in der Richtung nach der Stadt, drohend die Hellebarde und bohrte sie darin heftig in den Sand.

Der geistliche Herr schrak leicht zusammen, vergaß aber seiner Würde nicht und sagte: Ich will mit dem Hauptmann sprechen, heute noch, daß er strenger drauf sieht, nach dem Zapfenstreich keinen Mann aus der Kaserne zu lassen. Du aber bezähme deine Hitze, mein Sohn, und bedenke, daß du hier im Dienste der Obrigkeit stehst und das Gericht ihr überlassen sollst. Behüt dich Gott, Andree. Ich gehe heute wohl auf Goyen hinauf, zum Hirzer. Hast mir was aufzutragen an den Franz oder die Rosina? Einen Gruß etwa?

Nein, Hochwürden. 's ist immer noch beim alten zwischen dem Bauern und
mir. Er will nichts von uns wissen, so frag' ich ihm nichts nach.
Die andern sind ganz rechtschaffen, möcht' ihnen beim Vater keinen
Verdruß machen, indem ich sie grüßen ließ'. Aber wenn Ihr etwa meiner
Schwester begegnet—nein, auch der sagt nichts, es war nur ein Einfall.

Rasch, wie um seine Verwirrung zu verbergen, bückte er sich nach der Hand des Priesters, küßte sie ehrerbietig und

11

schwang sich an dem langen Hellebardenschaft auf die Mauer zurück, wo er sogleich hinter dichtem Rebenlaub verschwand.

Kopfschüttelnd setzte der Zehnuhrmesser seinen Weg fort, und das Gespräch mit dem Jüngling beschäftigte sein menschenfreundliches Gemüt noch eine geraume Zeit. Aber die lange, tägliche Übung einer ausgebreiteten Seelsorge und die geistliche Pflicht, das Öl der Geduld in eigene und fremde Stürme zu träufeln, hatten den schärfsten Stachel des Mitgefühls bereits abgestumpft. Es ahnte ihm nicht von fern, wie es jetzt im Innern des Burschen aussah, der oben bei seiner Maishütte lag, das Gesicht gegen den Felsboden gedrückt, als wollte er sich bei lebendigem Leibe in den Schoß der Mutter Erde vergraben, um vor einem übergroßen Kummer Zuflucht zu finden,

Eine volle Stunde mochte er so gelegen haben, zuletzt durch einen mitleidigen Halbschlaf von seinen hilflosen Gedanken erlöst, als ein helles Lachen, das unten am Weg erscholl, ihn jählings erweckte. Einen Augenblick lag er still, sich zu besinnen, ob er's nicht etwa geträumt habe. Aber eine helle Stimme drang zu ihm herauf und dasselbe unschuldig trillernde und girrende Mädchenlachen, das sich von fern fast wie der Gesang eines Vogels ausnahm. Im Nu war der Jüngling aufgesprungen und an ein Lugloch gestürzt, das den Blick hinunter freiließ. Auf dem nämlichen Weg unter den Weiden, den der geistliche Herr vorhin gewandelt war, kam, diesmal aber von der Stadtseite, ein Mädchen, das nicht über siebzehn Jahr sein konnte, blond, eher klein als groß, in der dunklen, schwerfälligen Landestracht. Aber die Bewegungen der zierlichen Gestalt, so langsam und behaglich sie einherschritt, waren so leicht und anmutig, daß jedes Auge ihr unwillkürlich folgen mußte. Sie hatte die Hände ruhig ineinandergelegt, wie es die Art der Mädchen

12

hier zu Lande ist, wenn sie nichts zu tragen haben. Der runde Kopf aber blieb keinen Augenblick still auf dem schlanken Nacken, sondern wendete sich wie bei einem Vogel rastlos nach allen Seiten, am häufigsten freilich zu ihrem Begleiter, über dessen scherzhafte Reden sie beständig in ein neues Lachen ausbrach. Das war ein gewandter, rühriger Gesell, dem die leinene Soldatenjacke, die enganschließenden blauen Hosen und die schiefe blaue Kappe ohne Schirm nicht übel standen. Sein dunkles Gesicht und die schwarzen Augen verrieten das welsche Blut. Auch hatte er große Mühe, sich dem Mädchen in seinem gebrochenen Deutsch verständlich zu machen. Aber schon der Klang seiner verstümmelten und verwelschten Worte schien sie höchlich zu belustigen. Mehrmals warf er forschende Blicke in der Gegend umher. Einen Bauern, der ein Kalb mit Hilfe seines Hundes nach dem nächsten Dorfe trieb, ließ er mit absichtlichem Zögern vorankommen, und jetzt, da derselbe um die Ecke des Weges verschwunden war, rüstete er sich offenbar, mit dem Mädchen etwas handgreiflicher anzubinden, als sein spähendes Auge plötzlich die drohende Gestalt des Weinhüters entdeckte, der aus der Öffnung des Weinganges herausgetreten war und mit erhobener Waffe, noch sprachlos, hinunterwinkte.

Der Welsche stand unschlüssig still. Auch das Mädchen hermmte den gleichmütigen Schritt und sah hinauf. Guten Nachmittag, Andree! rief sie ohne jede Verlegenheit. Es ist mein Bruder, setzte sie, zu dem Soldaten gewendet, hinzu. Macht, daß Ihr fortkommt; er versteht keinen Spaß.

Der Soldat schien den wohlgemeinten Rat vollkommen zu würdigen, aber durch die Entfernung seines Feindes sich einstweilen noch sicher zu fühlen. Nix Furcht, Fralla, sagte er; ihm geben Kreizer a comprar tabacco; dann still sein, gut Freund.-Er griff in die Tasche und holte eben seine geringe

Barschaft heraus, als er die donnernde Stimme des Burschen droben vernahm: Zurück, Soldat, oder der Spieß fliegt dir an den Kopf, daß du bei Nacht und Tag das Wiederkommen vergißt.

Der Welsche stand wie angewurzelt und maß den Weinhüter mit einem wütenden Blick.

Deutsche Bär! murmelte er zwischen den Zähnen. Maledetto!—Aber noch konnte er sich nicht entschließen, umzukehren und sich vor den Augen seiner Schönen in so nachteiligem Licht zu zeigen. Diese stand, offenbar durch seine heftigen und ohnmächtigen Gebärden ergötzt, gelassen neben ihm und lachte ohne jede Schonung. Aber dem Burschen oben erschien der Auftritt nichts weniger als lustig. In raschen Sätzen sprang er, durch schmale Öffnungen der Lauben sich windend, den Abhang hinab, und ehe der Welsche sich besinnen konnte, sahen zwei funkelnde Augen unter dem wehenden Trutzhut ihm in das entfärbte Gesicht.

Hast du Ohren, Kamerad? herrschte der Zornglühende ihn an. Weißt nicht, daß der Weg hier für deinesgleichen verboten ist? Soll ich dir die Jacke vom Leibe reißen, um ein Pfand zu behalten, welscher Fuchs? Hast wohl Weinbeeren vergessen zu Nacht, und kommst nun zur Marend, sie zu holen? Den Augenblick scher dich heim, oder-Die Hand weg! knirschte der Welsche, da er sich ungestüm gepackt und geschüttelt flühlte. Hätt' ich mein' sdégena-Wurm! rief der Jüngling. Bring nur deinen Degen mit das nächste Mal, und dein Gewehr dazu; es wär' doch ein Pfand, das der Müh' verlohnte. Aber nun beim Kreuz! fort mit dir, oder ich spieße dich auf wie einen Frosch, und werfe dich in deinen Kasernenhof zurück, daß du das letzte Stoßgebet nimmer zu Ende beten sollst.

14

Damit schleuderte er den langen Gesellen einige Schritte
weit fort, daß er, über einen Stein strauchelnd, in die Knie
fiel. Im Augenblick war er wieder auf den Füßen, und mit
beiden Fäusten wie ein Weib gegen den Feind drohend und
eine Flut von welschen Flüchen hervorsprudelnd, wich er
der Gewalt und trollte hinkend und oft zurückblickend im
Schutz der Weiden dem nahen Stadttor zu.

Du hast's ihm aber arg gemacht, Andree, sagte die Blonde,
indem sie dem geschlagenen Galan ganz kaltblütig
nachblickte. Er hat so g'spaßiges Zeug geredt, daß ich immer
hab' lachen müssen. Warum bist du gleich so wild worden?

Der Bruder gab keine Antwort, seine Gedanken waren noch
bei seinem Zorn. 's ist noch nicht aus zwischen uns! sagte er
vor sich hin. Er kommt mir schon wieder; meinetwegen! so
heb' ich's ihm auf. — Moidi, fuhr er fort, plötzlich zu dem
Mädchen gewendet, und du, immer noch das alte Lied? Wer
mir aufspielt, dem tanz' ich? Schämst du dich nicht, so
einem tückischen Teufel das Wort zu gönnen und neben
ihm her zu gehen? Wenn dir jeder recht ist, der dich lachen
macht, so bleib weg von mir. Denn du weißt wohl, das
Lachen ist rar bei mir, wie der Schnee zu Pfingsten.

Das Mädchen war still geworden und sah mit zerstreutem
Blick vor sich hin. Sie strich sich mit beiden flachen Händen
über das Haar, das von allen Seiten glatt über den Kopf
zurückgekämmt und im Nacken mit einem großen runden
Kamm festgesteckt war, und ihr sehr zartgefärbtes Gesicht
rötete sich vor Verlegenheit. Andree, sagte sie endlich, ohne
ihn anzusehen, soll ich wieder gehn?

Nein, bleib! erwiderte er kurz. Bist du meinethalben
gekommen?

Freilich, sagte sie eifrig, und wagte es jetzt erst, seinem Blick zu begegnen. Es ist ja schon eine Woche her, daß ich nicht habe abkommen können. Du läßt dich ja nimmer sehen. Die Mutter war eingeschlafen, es war so heiß in der Küche, da hab' ich gedacht, ich will einen Sprung hinaus tun, zu schauen, wie dir's geht. Und da, einen halben Weck hab' ich dir mitgebracht; der Hirzerfranz hat ihn mir gekauft, am Sonntag gestern, nach der Kirch'. Ich mag ihn nimmer, er ist soviel süß.

Der Hirzerfranz? Was hat der dir zu schenken? Wenn's sein Vater wüßte, es gäbe einen Teufelslärm. Hat er dich etwa auch zu lachen gemacht?

Der? Dem lacht's nur in der Tasche, wenn er mit seinen Gulden klappert. Auch war meine Mutter dabei, weißt wohl; wen die anschaut, dem vergeht der Spaß, wie den Mäusen, wenn sie die Katze spüren. Mich wundert's selbst, daß ich noch lustig sein kann. Aber ich wär' längst gestorben ohne das Lachen, so grauslich ist mir's manches Mal, mit ihr allein droben in der Hütte.

Sie schwiegen eine Weile.—Magst du den Wecken nicht? sagte das
Mädchen. So leg' ich ihn da auf die Bank, er kommt schon nicht um.
Aber da sind noch ein paar Feigen, von unserm Baum droben, die
reifsten. Ich hab' sie für dich abgebrochen. Da! sie sind gut in der
Hitze!

Ich dank' dir, Moidi, erwiderte er. Komm, wir wollen sie zusammen essen, droben im Schatten.

Er schritt voran die Weinbergsstufen hinauf, und sie folgte ihm, allerlei plaudernd, worauf er die Antwort schuldig blieb. Auf seinem alten Platz unter dem Rebendach warf er sich nieder, und sie setzte sich neben ihn auf den breiten Stein und nötigte ihn, die Feigen zu kosten. Mit der Zeit, da keine neue Störung kam, schien ihm wohl zu werden. Ein leichter Wind machte sich auf und trug den Schall einer fernen Mühle an der Etsch und das Geräusch der Passer bis zu ihnen herauf, dann und wann auch einen Knall von den Schützen, die im Schießstande drüben nach der Scheibe schossen. Die Zeit wurde ihnen nicht lang. Er nötigte sie, von seinem Wein zu trinken, was sie bald wieder in die alte lustige Laune brachte. Auch die Heimlichkeit des schattigen Verstecks reizte ihren Mutwillen, und er, der einsilbig, aber nicht mehr unmutig, sie gewähren ließ, verwandte kein Auge von ihr. Endlich setzte sie sich gar den schweren Saltnerhut auf, nahm den Spieß in die Hand und ging mit großen Schritten die Laubengasse hinauf und hinunter, mit der Linken die beiden Fuchsschwänze unter dem Kinn zusammenhaltend, daß ihr Gesicht ganz davon eingerahmt war. Andree, sagte sie, mich sollten sie schon fürchten, mein' ich, und wenn die Mutter nicht wär', käm' ich alle Nacht zu dir und machte den Saltner, während du dich hinlegtest, ein paar Stunden zu schlafen. Ich wollt' die Spitzbuben, die Soldaten, schon in Respekt halten, gelt?

Der Jüngling lachte zum erstenmal. Als sie sah, daß sie das Eis seines Trübsinns gebrochen hatte, kam sie rasch zu ihm, setzte Hut und Hellebarde beiseit und sagte, dicht neben ihm im Grase kauernd: Nun schau, Andree, tausendmal hübscher bist du, wenn du auch einmal lachst wie andre Buben, als so alleweil Falten in die Stirn ziehst und dreinschaust wie unser Herr Christus am Kreuz. Bist du nicht ein junger, lebfrischer Bub und brauchst dich von niemand in den Sack stecken zu lassen? Mit der Mutter—ja, das ist freilich eine leide Geschicht', aber du hast doch keine Schuld daran, das wissen alle Leut', und um mich brauchst du dich auch nicht zu grämen, ich komm' zu dir, sooft ich kann, und vor mir darf die Mutter kein bös Wort auf dich sagen, wenn sie mich nicht zur Tür hinaustreiben will, das weiß sie wohl. Was hast also, daß du alleweil den Kopf hängst und mir selber so finstre Augen machst, als wär' ich nicht deine liebe Schwester, sondern eine Feindin? Und wenn gar ein andrer Bub mir ein Wörtel sagt, so ist gleich Feuer im Dach. Sag, möchtest du eine Nonne aus mir machen, oder daß ich bei der Mutter ihr Lebtag die Hennendirn abgeben und eine steinalte Jungfer werden soll?

Sie war ihm während dieser Worte zutraulich nahe gerückt und hatte den Arm leicht um seinen Nacken gelegt. Aber wie wenn ein Gespenst ihn angefaßt hätte, fuhr er auf und schüttelte ihre Liebkosung ab. Seine Brust arbeitete schwer. Laß mich, keuchte er heftig hervor, rühr mich nicht an, frag mich nichts, geh fort von mir, so weit du kannst, und komm nie wieder!

Er war aufgesprungen, als wollte er fliehen, aber er konnte sich nicht von der Stelle rühren. Er mußte sie ansehen, wie sie, versteinert, im Grase kniete, die Hände im Schoß gefaltet, mit einem Blick, der ihm ins Herz schnitt. Die Augen schienen größer geworden, der halbgeöffnete Mund in einem schmerzlichen Aufschrei erstarrt, die feinen Nasenflügel bebten. Es war nicht das erste Mal, daß dieses Gesicht ihn an dem Kinde entsetzte. Ja zuweilen mitten in ihrem Lachen, das überhaupt oft kindisch klang, ward sie von plötzlichem Schrecken überfallen und für eine Zeitlang wie von einem verstörenden Krampf entgeistert, der sich dann mehr oder minder heftig zu lösen pflegte. Er selbst hatte sich bisher nicht vorzuwerfen, einen solchen Auftritt verursacht zu haben. Vielmehr rief man ihn, um den bösen Geist zu bannen, und es pflegte ihm ohne Mühe zu gelingen. Als er sie aber jetzt in dieser atemlosen Ohnmacht knien sah, durch seine Schuld, war ihm einen Augenblick selbst die Besinnung gelähmt.

Er schlug sich vor die Stirn und stöhnte tief auf. Dann bückte er sich zu ihr herab, faßte ihre Hände, die eiskalt geworden waren, und sah ihr dicht in die Augen. Ich bin's, Maria, sagte er inständig; der Andree ist's; sieh mich an, höre mich, verzeih mir, ich bin ein Rasender, aber es ist vorbei; laß auch du es gut sein und verzeih mir's, du weißt nicht, wie mir ist, sonst hättest du Mitleiden.

Mit seinen heißen Händen drückte er die ihrigen, und ebenfalls niedergekniet, dicht ihr gegenüber, wartete er mit leidenschaftlicher Angst, daß das Leben in ihren Zügen wieder aufglimmen möchte. Aber noch blieb die Starrheit mächtig über ihr, keine Wimper zuckte, kaum fühlte er einen Hauch aus ihrem Munde gehen, und die weit offenen Augen schienen ihn durch und durch zu blicken wie leere Luft. Da setzten mit tiefem Klang die Glocken der Pfarrkirche ein zum Vespergeläut und lösten den Bann, langsam, aber wohltätig. Sie seufzte schwer aus der Brust, die Augenlider schlossen sich erst, dann, als sie sich wieder öffneten und die erwachende Seele sich der Welt und ihrer selbst besann, quollen große Tränen hervor, und an seine Schulter gelehnt weinte sie, ohne ein Wort hervorzubringen, die Erschütterung aus.

Er hielt sie ebenfalls stumm, mit aufatmendem Herzen an sich gedrückt und horchte auf den wogenden Ton des Geläuts, verworrene Gebete bei sich selbst hersagend. Als die Glocken ausgeklungen hatten, griff er nach dem Krug und reichte ihn ihr. Sie näherte ihm die Lippen, wie eine Kranke, die das Gefäß nicht selbst zu halten sich getraut, und trank einen langen Zug. Dann schloß sie die Augen, ohne sie zu trocknen, und schlief neben ihm ein, immer noch auf den Knien und die Hände unbeweglich gefaltet.

Als er sie nach einer Weile ruhig atmen hörte, hob er sie auf und legte sie bequem auf den abhängigen Boden nieder, seine Jacke unter ihren Kopf schiebend, ohne daß sie erwacht wäre. Er selbst, nach einem raschen Umblick in seinem Revier, lagerte sich neben ihr, den Kopf in die Hand gestützt, und starrte ihr in das schlafende Gesicht, das nun ganz friedlich wie aus heiteren Träumen lächelte. Wenn ein Blatt sich bewegte und dann das Licht flüchtig auf ihrer Stirn spielte, seufzte sie wohl noch leise nach. Aber ihr war wohl, während es in ihm von dunklen Schmerzen und schweren Entschlüssen gewaltsam gärte und jeder Blick in diese friedlichen Züge ihm neue Nahrung für seine Qualen eintrug.

Welch ein rätselvolles Schicksal umgab diese Geschwister?— Wir müssen, um es aufzuhellen, um viele Jahre zurück, in eine Zeit, da die Mutter, die mit so seltsamer Feindschaft zwischen ihnen stand, nicht viel älter war als das blonde Kind, das dort oben unter den Reben schläft, freilich in allem übrigen ihr volles Widerspiel. Die Großeltern der blonden Moidi besaßen droben auf dem Küchelberg ein schlichtes Bauernhaus, das aber schön nach allen Seiten in die Täler hinuntersah, links ins Passeier, rechts ins Vintschgau hinein, geradeaus über die Stadt Meran weg in die breite Niederung der Etsch bis zu den Bozener Bergen. Der alte Ingram hatte das Anwesen schon von Vorvätern ererbt, und die liebliche Lage war ihm freilich als Zugabe wert, mehr aber die ausgedehnten Weingüter, die sich nach allen Seiten daranschlossen und ihm wohl zustatten kamen, seine vielen Kinder zu ernähren. Von denen war die jüngste, Maria, oder nach dem Landesausdruck "Moidi", ein wahres Sorgenkind, während von den übrigen im Guten oder Schlimmen nichts Sonderliches zu berichten wäre. Diese jüngste jedoch, nicht allein, daß sie die Häßlichste war, und eher einer Alraune als einem Meraner Landkinde ähnlich, die meist sauber und

wohlgebildet heranwachsen, betrug sich zudem von klein
auf so ungehörig, daß sie viel Schläge und wenig gute
Worte von der Mutter erlebte, und auch der Vater, der ein
mäßiger und am Hergebrachten hängender Mann war, sich
mehr und mehr dieser jüngsten zu schämen begann. Mit der
Zeit hörten die Schläge auf, da es deutlich war, daß sie das
Übel nur mehrten, und es sich nicht obenein verkennen
ließ, selbst für ein Bauernauge, es sei nicht alles in Ordnung
in diesem armseligen Kopf. Der Pfarrer hatte sie zwar genau
befragt und ihre Verkehrtheiten nur aus den verwilderten
Trieben eines eitlen und schwachen Herzens herleiten
wollen; und wirklich ließ sich ihrem Verstand, wenn man
nicht sorgfältiger zusah, kein Sprung oder Sparren
nachweisen; denn sie verstand, sobald man sie katechisierte,
sich klug zusammenzunehmen und selbst ihre offenbaren
Narrheiten halb und halb zu beschönigen. Von diesen nun
war die ärgste eine ganz unzweckmäßige und
mitleidswürdige Putzsucht, mit der sie, wo sie ging und
stand, recht geflissentlich aller Augen auf ihre ohnehin
schon auffallende Häßlichkeit lenkte. Das trug ihr eine
Menge der bösesten Spottnamen ein, und die es am besten
mit ihr meinten, nannten sie den "schwarzen Pfau", oder die
"wüste Moidi" schlechtweg, ihre eigenen Brüder aber nur
"die Schwarze"; denn sie war nicht nur von sehr dunkler
Gesichtsfarbe und dichten, buschigen Augenbrauen,
sondern auch ihr Haar krauste sich durch ein
merkwürdiges Naturspiel wie das der Negerinnen und
sträubte sich beharrlich gegen Kamm und Flechtenbänder.
Ob der König aus Mohrenland unter den heiligen Dreien
auf einem Bilde, das die Mutter einmal in Bozen gesehen,
diese befremdliche Spielart auf dem Gewissen habe, wie
einige behaupteten, lassen wir dahingestellt. Tatsache war,
daß die "wüste Moidi", anstatt ihr Schicksal mit leidlicher
Miene zu ertragen, auf die lächerlichsten Mittel verfiel, ihm
abzuhelfen und durch allerlei Putz und Tand, mit dem sie

sich, ganz gegen den Brauch, behängte, ihre Person ansehnlicher und liebenswürdiger zu machen. Was sie irgend an Geld zusammenbringen konnte, nicht immer auf die redlichste Weise, verwandte sie eilig dazu, sich bunte Bänder oder gemachte Blumen zu verschaffen, mit denen sie ihr wolliges Haar durchflocht und so, zum großen Ärgernis der Alten und Gespött der Jungen, zuweilen selbst am Sonntag in der Kirche erschien, ungeachtet ihr die Mutter, sooft sie ihr so begegnete, den Putz zornig abriß und sie mit Hunger und Schlägen dafür büßen ließ.

Ein wenig besserte sich dieser traurige Hang, als sie in die reiferen Jahre kam und sich das Gefühl für den Spott der jungen Burschen in ihr schärfte. Zum Unglück aber löste eine noch unheilvollere Torheit jene erste kindische ab, und sie ließ ihr, freilich mit besserer Entschuldigung, noch haltloser den Zügel schießen. Sie warf nämlich ihre Augen unter den vielen Burschen, die mit ihren Brüdern verkehrten, gerade auf den schönsten, der sie von früh an mit der unverhohlensten Abneigung behandelt hatte. Das war an Leib und Seele ein Bursch vom guten alten Meraner Schlag, ein etwas träges Gemüt in einem starken, herrlich gebildeten Körper, ein eifriger Kirchgänger, kundiger Weinbauer, der wenig Worte machte und Gedanken nur für den Hausbedarf spann, am wenigsten aber mit unnützen Liebschaften Zeit und Geld vertat, da es überhaupt in diesen romantischen Tälern im Punkte der Liebe und Ehe meist kaltblütiger und geschäftsmäßiger zugeht, als flüchtige Reisende sich träumen lassen. Damals, als die schwarze Moidi sich in ihn vergaffte, lebte sein Vater noch, der Aloys Hirzer, der eines der alten Herrenschlösser unterm Ifinger, auf einer Höhe über der Stadt frei gelegen, von dem verschuldeten letzten Stammherrn gekauft hatte, um dort seine Weinbauernwirtschaft mitten unter den feudalen Trümmern in großem Stile zu errichten. Außer dem Sohne,

Joseph, hatte er noch eine Tochter, die in Innsbruck bei einem Paten feinere Erziehung genoß und sich zur Lehrerin auszubilden dachte, als der Vater plötzlich das Zeitliche segnete, und der Bruder sie nun heimkommen ließ, um ihm die neue Einrichtung zu erleichtern. Es war ein sanftes, blasses, schönäugiges Mädchen, älter als der Joseph, ihr Bruder. Dessen Kameraden, von denen wohl mancher ein Gelüsten trug, sich ein Stück Burgland anzuheiraten, wagten sich an die Anna nicht heran, die ihnen zu fein und leise war und bald fast im Geruch der Heiligkeit stand, denn sie war in allen Kirchen und allen Hütten der Kranken und Dürftigen zu finden und ging an keinem Kinde vorbei, ohne es auf den Arm zu nehmen, ihm ein Bildchen zu schenken oder seine Gebetlein hersagen zu lassen. Der Bruder war sehr wohl mit ihr zufrieden, da sie sein Haus, die Gemächer nämlich, die noch in wohnbarem Stande waren, geräuschlos in Ordnung hielt. Er hatte sich von jeher aufs beste mit ihr vertragen. Da er ein guter und durch Herzenswallungen nicht leicht zu verwirrender Rechner war, schien es ihm zweckmäßig, daß seine Schwester ledig blieb. Wenn er auf dem Balkon stand, der wie ein Schwalbennest an der grauen Burgmauer klebte, und in seiner Bauerntracht, der rotaufgeschlagenen Lodenjoppe, den breiten schwarzen Hut mit roter Schnur auf dem Kopf, die gebräunten Hände unter die geschlitzten Hosenträger gesteckt, hinaussah ins weite Land, verwellte sein Blick mit Befriedigung auf den kleinen Klostertürmen, die hie und da ihr Kreuz aus dem Duft erhoben, und er gedachte gern daran, daß die früheren, adligen Burgherren dort ihre unversorgten Söhne und Töchter untergebracht hatten. Es wäre ihm nicht ungelegen gewesen, wenn seine Schwester ebenfalls vor den Gefahren und Anfechtungen der Welt eine beschauliche Zuflucht gesucht hätte. Da sie aber hiezu keine Lust bezeigte, auch fürs erste noch im Hause völlig nötig war, nahm er einstweilen mit dem Abglanz ihres Heiligenscheins, der auch auf ihn herüberstrahlte, vorlieb und war nicht wenig stolz, wenn geistliche Herren, der Schwester wegen, fleißig auf Goyen vorsprachen und bei einem Glase roten Weins über die Angelegenheiten der Kirche erbauliche Reden führten.

An seine eigene eheliche Zukunft dachte er nur gelegentlich, wenn von einer reichen Erbtochter einmal die Rede war, auch darin ohne hitzige und häßliche Habsucht, mit einem stillen Pflichtgefühl, daß es ihm wohl zukomme, das väterliche Gut durch einen schönen runden Zuwachs zu mehren. Da er, wie gesagt, einer der schmuckste Burschen der Gegend war, trug er die ruhige Zuversicht mit sich herum, daß es ihm gar nicht fehlen könne, wenn er überhaupt Ernst mache. Auch nahm er anfangs die unverhohlenen Gunstbeweise der schwarzen Moidi nur mit einer würdevollen Geringschätzung hin. Auf die Länge aber, als das Gerede lauter und stachliger wurde, als er sich an keinem Markt, Kirchtag oder bei sonst einer öffentlichen Gelegenheit sehen lassen konnte, ohne mit seiner Eroberung gehänselt zu werden, stieg ihm der Ärger ernstlich zu Kopf, und er hielt es für passend, durch die verächtlichsten Scherze sich die zudringliche Liebeswerbung vom Halse zu schaffen.

Manchem andern wäre dieselbe vielleicht mitleidswürdig erschienen; denn sie äußerte sich nur in der rührenden Hartnäckigkeit, mit der die Augen des Mädchens, sobald der Bursch ihr begegnete, wie durch eine Naturgewalt bezwungen an seinem regelmäßigen, rot und weißen Gesichte hingen und ihm überallhin folgten, unbekümmert um den Zorn, der statt jedes Zeichens von Gegenliebe seine Züge verfinsterte. Selbst in der Kirche, wenn er hinter ihr stand, wußte sie's einzurichten, daß sie wenigstens das halbe Gesicht nach ihm umkehrte, und sie war dann so sehr in ihre bewundernde Andacht versunken, daß sie alles andere darüber vergaß. Wer die einfachen und kühlen Sitten des Volkes und die ehrbare Gleichgültigkeit, mit der die Geschlechter sich hier begegnen, bedenkt, wird das große Ärgernis begreifen, das ein solches Betragen erweckt. Auch waren die meisten ganz überzeugt, die Moidi sei nur halb bei ihren Sinnen, und man müsse sie gewähren lassen, da man sie doch nicht füglich vom Kirchgang zurückhalten könne, ohne den bösen Geistern noch größere Macht über sie einzuräumen. Die jungen Burschen aber dachten minder christlich und hießen sie einfach mannstoll, und da sich auch die Mädchen von ihr zurückzogen, war die schon von der Natur Gezeichnete desto auffallender, wenn sie einsam und ohne Gesellin den Küchelberg herab in die Messe ging, mit den durchdringenden Augen weit voraus unter den versammelten Männern am Kirchplatz nach ihrem Erkorenen suchend. Dann geschah es wohl, besonders nach der Vesper, wo schon der Wein in den Köpfen den Ton angab, daß einer der Hartherzigsten die schöne Passeirer Altjungfernklage zu singen anfing:

Was muß ich armes Madl anheben,
Daß ich grad' einmal bekomm' ein'n Mann?
Die Buben, die tun kein' Achtung mehr geben,
Vor mir lauft ein jeder darvon.
Jetzt ist mir nimmer wohl,
Weiß nit, was ich tun soll,
Daß ich halt nur grad' einen erlang'!

Und wenn der Refrain des Gelächters ein wenig verschollen war, die zweite Strophe:

Fünfundzwanzigmal bin ich schon kirchfahrtengangen,
Nüchtern, und han mir nicht z' essen getraut.
Han gemeint bei Gott die Gnad' zu erlangen,

Daß ich dies Jahr möcht' werden a Braut.
Jetzt—und ist alles nichts;
Die Fastnacht ist auch schon für—
Ach, ich arme verlassene Haut!

Der Joseph, wenn er sich auch zu vornehm hielt, um mit
einzustimmen, hörte doch mit sichtbarer Befriedigung zu
und hoffte, dieses singende Gassenlaufen würde der armen
Tollen die verliebten Grillen austreiben. Sie aber schien,
sobald sie ihn nur sah, so völlig taub zu sein, daß sie das
Schimpflied weder hörte, noch sich zu Gemüte zog. Auch
für die erbitterten Scheltreden ihrer Brüder war sie ganz
unempfindlich, erwiderte kein Wort, änderte aber um kein
Haar ihr Betragen, und selbst das scharfe Vermahnen des
Pfarrers, dem etwas davon zu Ohren gekommen, vermochte
so wenig über diesen seltsamen Zustand, wie beim Eisen das
Abraten hilft, wenn der Magnet ihm nahe kommt.

Da übernahm es endlich eine mitleidige unter den Mädchen,
der Moidi den Kopf zurechtzusetzen. Sie hinterbrachte ihr—
wahr oder zweckmäßig erfunden, wissen wir nicht—, daß
der Hirzersepp gesagt habe: Wenn's ihm drum zu tun wäre,
schwarze Pudel in die Wiege zu bekommen, würde er die
Moidi heiraten.—Die Predigt über diesen kurzen und
bündigen Text scheint eindringlich genug gewesen zu sein.
Denn seit dem Tage war "die Schwarze" wie verwandelt, ließ
sich nirgend sehen, stahl sich vor Tagesgrauen in die
Frühmesse, wo sie im hintersten Winkel der Kirche kniete,
und wenn droben auf dem Berg ein Bursch ihr begegnete,
wandte sie das Gesicht ab und schwieg auf alle Anrede. Die
Putzsucht war vollends verschwunden. Das Schlechteste
und Gröbste trug sie am liebsten, und ihre krausen Haare
flogen, wochenlang ohne Pflege, ihr um die Schläfen, daß sie
fast unheimlich anzuschauen war und niemand mit ihr zu
tun haben mochte.

Im übrigen tat sie ihre harte Arbeit ohne Murren, und so waren die
Eltern wohl mit ihr zufrieden und ließen sie in allem gewähren. Der
Winter ging so hin. Als im Frühling die Wiesen zu grünen anfingen,
kam sie eines Tages zum Vater und bat um seine Erlaubnis, auf eine
Alpe ziehen zu dürfen, die höchste und einsamste im Passeier. Der
Vater, der von allen noch die klarste Ahnung ihres unseligen
Gemützustandes hatte, willigte unbedenklich ein, und so war einen
Sommer lang die schwarze Moidi völlig verschollen.

Desto heftiger erstaunte alle Welt, als im Herbst die Herden
von den Bergen heimkamen und das Gerücht mit ihnen
ging: des alten Ingram Tochter habe einen Buben
mitgebracht, ein so sauberes, blühweißes und rosenfarbenes
Kind, als nur jemals sich ohne Vater beholfen habe, mit
schwarzen, aber gar nicht mohrenhaften Härlein, ein
wahrer Staatsbub. Auch sei die Moidi, trotz der Schande,
ganz wohlvergnügt, habe die Schläge, mit denen die Mutter
sie empfangen, ohne Klage hingenommen, dem Vater aber
auf das härteste Verhör nicht beichten wollen, wer der
Schuldige sei. In dem Schuppen, wohin die Mutter sie
verstoßen, damit sie den Schimpf nicht vor Augen hätte,
habe die Tochter sich darauf, so gut es ging, einen warmen
Winkel für ihr Kind zurechtgemacht und sei Tag und Nacht
nicht von ihm wegzubringen.

Wem dies alles, zumal die gerühmte Schönheit des Knaben,
unglaublich schien, der hatte am nächsten Sonntag
Gelegenheit, sich von der Wahrheit des Gerüchts zu
überzeugen. Denn am hellen Tage kam die Vielgeschmähte

27

vom Küchelberg herab, das Kind wie im Triumph in den Armen in ihre besten Linnen und Tücher gewickelt, und trug es mit herausforderndem Mutterstolz zur Taufe. Wenn einer sich ihr näherte und neugierig nach dem kleinen Weltwunder schielte, stand sie sogleich still, schlug den alten Flor zurück, der das schlafende Gesichtlein bedeckte, und sagte fast spöttisch: Gelt, möchst den schwarzen Pudel anschauen? Da, es ist nix Rares daran. Wo sollt's auch herkommen?—und dann lachte sie mit großer Selbstgefälligkeit in sich hinein, wenn der Beschauer, von der Zierlichkeit des Kindes überrascht, nichts zu sagen wußte, und setzte noch hinzu: 's ist halt nur ein schwarzer Pudel; man sollt' ihn in die Passer werfen, das wäre das gescheitest'!—und lachte wieder auf eine so wunderliche Art, daß es schien, als habe der Muttersegen ihren armen Verstand nicht eben verbessert.

Selten wohl ist eine Taufe in Meran unter so großem Zulauf vonstatten gegangen. Als aber der Pfarrer nach den Taufpaten fragte, fand es sich, daß die Moidi diesen wichtigen Punkt gänzlich übersehen hatte. Niemand meldete sich auf die Frage, wer etwa in der versammelten Gemeinde dem Kinde diesen Liebesdienst erweisen wolle; denn es drängte sich keiner zu einem näheren Verhältnis mit der Mutter, und die Großeltern, der Schande auszuweichen, waren ein paar Stunden weit weg nach Lana zur Kirche gegangen. Da erhob sich endlich die zu allen Opfern der Nächstenliebe Bereite, die Tochter des alten Hirzer, die im vordersten Kirchstuhl kniete, trat an den Taufstein heran und nahm der Moidi das Kind aus den Armen. Diese Lösung des bedenklichen Knotens erschien allen als die einfachste, da die Hirzers-Ann mit dem überfließenden Gnadenschatz ihres frommen Wandels der armen Sünderin am füglichsten zu Hilfe kommen konnte. Und so wurde der Knabe, weil der Mesner, ebenfalls aushelfend, seinen Namen hergab, Andree getauft und mit großem Gefolge von der glückstrahlenden Mutter wieder durch die Stadt getragen, hinauf in den elenden Schuppen, wo er in der Nachbarschaft der Haustiere seine ersten Blicke in die Welt tun sollte.

Es dauerte nicht lange, so sprach kein Mensch mehr von diesen immerhin denkwürdigen Ereignissen, zumal da die Moidi sich nirgend sehen ließ, nur für das Kind lebte und all ihre früheren Narrheiten in die eine Leidenschaft der zärtlichsten Affenliebe versammelt zu haben schien. Denn wie früher ihre eigene Person, so putzte und behing sie jetzt den kleinen Andree mit allem, was ihr irgend dazu dienlich schien. Man konnte sie droben auf einem schattigen Fleck stundenlang sitzen sehen, Kränze windend für das Kind und aus alten bunten Seidentüchern seltsame Kleider für ihn zurechtstoppelnd, mit denen sie ihn wie eine Puppe aufschmückte und stolz jedem Vorübergehenden zeigte. Da dies Treiben zwar auffallend, aber doch unschuldig war, ließ man sie gewähren. Nur der Joseph Hirzer legte den größten Abscheu gegen sie an den Tag und verbot der Anna aufs strengste, mit ihrem Patenkinde irgendwelchen Verkehr zu pflegen.

Die Moidi schien wenig danach zu fragen. Als ein Jahr darauf ihr einst so schmerzlich Geliebter sich mit einer steinreichen Bauerntochter aus Algund verheiratete, blieb sie ganz kalt und gab nicht das geringste Zeichen von Herzweh. Die ganze Vergangenheit bis zur Stunde, wo der Knabe auf die Welt kam, war aus ihrem Gedächnis wie weggewischt, und auch von dem geheimnisvollen namenlosen Vater sprach sie nie, schien auch keinen Versuch zu machen, ihm Kunde von sich und dem Kinde zu geben.

Da geschah es, daß erst ihre Eltern und dann die Brüder, einer nach dem andern, im Lauf eines Jahres hingerafft wurden von einer Seuche, die viele Opfer in diesen Tälern forderte. Nun war auf einen Schlag das Schicksal der schwarzen Moidi verwandelt. Denn wenn sie bei Lebzeiten der Geschwister zwar immerhin keine Armut zu fürchten hatte, so war sie jetzt durch den Alleinbesitz des Hauses und der ansehnlichen Weingüter zu einer reichen Partie geworden; schade nur, daß die Mitgift ihrer dunklen Haut und der noch dunkleren ersten Liebschaft manchen Wählerischen abschrecken mußte.

Aber der praktische Trieb, der hier im Volke mächtig ist, kam ihr dennoch zu Hilfe; ja sie hatte nicht einmal nötig, bei dem Freier, der sich ihr antrug, auch ihrerseits ein Auge zuzudrücken. Es war ein ganz schmucker Bauernsohn aus dem Dorfe Tirol, das unfern der berühmten Feste gleichen Namens am Ende des Küchelberges liegt wo die Wand der Muttspitze steil in die Höhe steigt. Sein Vater hatte ihm zugeredet, und obwohl der Sohn nicht von den schnellsten Begriffen war, so war doch die ganze wichtige Sache mit wenigen Worten ins reine gebracht.

So auch bei der Moidi. Sie schien es ganz in der Ordnung zu finden, daß auch sie jetzt, trotz allem Vorangegangenen, an die Reihe kam. Sie scherzte während der Werbung mit dem kleinen Andree, der schon im vierten Jahre war und den fremden Burschen mit scheuen und trotzigen Augen betrachtete. Als aber dieser, wie ihm seine Mutter geraten hatte, eine große Tüte mit Zuckerwerk aus der Tasche zog und dem Kinde reichte, war das letzte Bedenken der Moidi besiegt. Zwar bei einem Vergleich mit dem Hirzerjoseph mußte des Wolfharts Franz den kürzeren ziehen. Sein flaches, rundes, behagliches Gesicht, mit weißblonden Haaren eingerahmt, erinnerte stark an die Madonnenbilder, die, wie durch die Schablone gemalt, an Häusern, Torwegen und vollends in den Kirchen zahlreich uns begegnen. Aber

die Moidi besaß Schwarz genug, um in seine übermäßige
Helle Schatten zu werfen, und schien nicht zum wenigsten
gerade durch die Werbung des Blonden sich geehrt zu
fühlen. Nach dem raschen, durchaus geschäftsmäßigen
Gang, den diese Dinge hier nehmen, zog der Franz schon
vier Wochen später als junger Ehemann in das Haus seiner
Neuvermählten auf dem Küchelberg, und damit war zum
zweitenmal das wiedererwachte Gerede über die Schicksale
der schwarzen Moidi verstummt und verschallt.

Nicht für allzu lange Zeit. Über Jahr und Tag entsproß
dieser Ehe ein Mädchen, das nicht minder als damals der
kleine Andree den teilnehmenden Nachbarn zu reden gab.
Es war das leibhaftige Ebenbild des Vaters, schön weiß und
rot, mit schlichtem blondem Haar, der Mutter in keinem
Zuge ähnlich, als daß sich früh Anwandlungen einer
phantastischen Gemütsart, einer leicht beweglichen
Einbildungskraft und weiblicher Eitelkeit an ihr zeigten,
nur weniger ausschweifend als bei der Mutter und durch die
große Anmut ihrer kleinen Person ins Liebenswürdige
gemildert, aber immerhin gefährlich, da es dem Kinde an
einer festen Hand fehlte, die seinen Leichtsinn gezügelt und
die schönen Wucherblumen aus der jungen Seele sorgsam
ausgereutet hätte.

Denn kaum konnte die kleine Maria die ersten kindischen
Schmeichelkünste spielen lassen, so stahl sie der Mutter das
Herz so vollständig, daß sie dem älteren Bruder selbst das
Pflichtteil der Barmherzigkeit mit entwendete. Er, der früher
der Abgott seiner Mutter gewesen, war nun auf einmal
nicht allein ihrer Gleichgültigkeit, sondern einer
entschiedenen Abneigung, die sich mit den Jahren zu
offenem Hasse steigerte, wehrlos preisgegeben. Es half nicht
viel, daß der gutmütige Pflegevater sich des Knaben
annahm. Ja selbst, als die kleine Schwester heranwuchs und

sich mit stürmischer Zärtlichkeit an den Bruder anschloß, vermochte sie, die sonst alles durchsetzte, den Widergeist der Mutter nicht zu bezähmen. Vielmehr schien gerade ihre Fürsprache den unnatürlichen Haß zu schüren, da sich nun eine Art von Eifersucht hinzugesellte, eine harte und böse Mißgunst auf die liebliche Vertraulichkeit, mit der die Kleine dem plötzlich Verstoßenen begegnete.

So viel freilich war durch das Dazwischenstehen der kleinen Maria dem armen Knaben gewonnen, daß er vor leiblicher Mißhandlung geschützt wurde. Denn das erste Mal, wo sich die entartete Mutter an ihrem einstigen Liebling tätlich vergriff, war auch das letzte. Damals zuerst wurde die Kleine von jenem seltsamen Nervenkrampf befallen, von dem wir im Beginn unserer Erzählung ein Beispiel erlebt haben. Zum Glück war der Vater zu Hause, um die widersinnigen Heilversuche zu hindern, mit denen die erschrockene Mutter auf das Kind einstürmte. Es gelang dem Bruder, durch sanftes Streichen mit seinen zitternden Händen die Starrheit zu bezwingen, bis ihm das Kind schluchzend um den Hals fiel und endlich schlafend von ihm in die Bettkammer getragen werden konnte.

Seit diesem Vorfall, dem bei anderen jähen Anlässen ähnliche folgten, erhob die alte Moidi bis zu jenem verhängnisvollen Tage der Trennung nicht wieder die Hand gegen den Sohn. Ihre Abneigung wurde aber nur finsterer und gewaltsamer, weil sie nicht mehr in heftigen Szenen sich Luft zu machen wagte. Sie schien das Dasein des Knaben völlig verleugnen zu wollen, um sich einzig dem Mädchen zu widmen. Für diese war sie unermüdlich, Ärzte und Kräuterwelber zu Rat zu ziehen, Wallfahrten zu machen, Messen lesen zu lassen und durch die schrankenlose Nachgiebigkeit ihr womöglich jeden Anstoß aus dem Wege zu räumen. Der schwache und weichmütige Vater ließ alles geschehen. Es war ihm nicht wohl in seinem Hause. Aber die Stadt lag ja so nahe zu seinen Füßen, daß er die grünen Büsche vor den Schenktüren bis herauf winken sah. So heiligte er gewissenhaft die zahlreichen Bauernfeiertage, von denen der tirolische Kalender über und über rot wird, und erzählte jedem, der es hören wollte, mit ahnenstolzer Gemütsruhe, daß drei aus seiner Familie in den letzten fünfzig Jahren am Delirium gestorben seien, was nicht die schlimmste Todesart sei.

Seinem Weibe war er längst gleichgültig. Sie liebte niemand auf der Welt als das blonde Kind. Auch wurde sie dem Verkehr mit Nachbarn und Verwandten mehr und mehr entfremdet, da ihre unnatürlichen Schrullen den Leuten vollends ein Grauen erweckten. Das Haus lag einsam auf dem nackten Felsgrunde, ganz abseits von der Straße, die sich um den Küchelberg hinauf nach Dorf Tirol windet. Niemand sprach sie im Vorübergehen an; zu niemand ging sie; in der Kirche, die sie vor Tage besuchte, blieb der Platz neben ihr leer.

Es war unter solchen Umständen nicht zu verwundern, daß der Joseph Hirzer jede Annäherung an die Moidi und ihr Haus von Jahr zu Jahr standhafter vermied, seiner Schwester unerbittlich den Weg abschnitt, wenn ihr Gewissen sie antrieb, sich nach ihrem Taufpaten umzusehen, und seinen eigenen Kindern, die mit Andree und der blonden Moidi in der Schule zusammentrafen, aufs strengste verbot, zu Hause von ihnen zu erzählen. Er selbst war in allen Stücken mächtig emporgekommen, galt für einen der wackersten Haushälter, eifrigsten Weinzüchter und rechtschaffensten Ehrenmänner, während seine Schwester in gleicher Weise zunahm an Gnade bei Gott und den Menschen, zumal sie ihr ganzes Vermögen im Testament an Kirchen und Klöster vermacht hatte, wofür die Priester ihr verhießen, daß sie unfehlbar "von Mund auf in den Himmel kommen würde". Ihr Bruder hatte da wohl nicht einreden dürfen. Sein Sohn und die drei stattlichen Töchter waren auch ohne jede Erbschaft von der Tante hinlänglich versorgt durch die blühenden weiten Güter beider Eltern. Und als ihre Mutter, die Erbin von Algund, noch in guten Jahren starb, trat die Tante Anna an ihre Stelle und sorgte durch liebevolle Pflege dafür, daß ihres Bruders Kinder auch ohne jedes klingende Vermächtnis sie in gutem Andenken behalten mußten.

Die Kinder aber, obwohl sie den Vater fürchteten, konnten ihm doch nicht so blindlings gehorchen, daß sie auch in der Schule zu Meran dem Andree und seiner Schwester ausgewichen wären. Moidi, mit ihrem leichten, lachlustigen Sinn, kam ihnen, wie allen, die sich ihr freundlich zeigten, ganz ungebunden entgegen; Andree duldete sie wenigstens, da er von der Tante Anna, seiner Pate, wußte, daß sie so heilig sei und nur der Mutter wegen sich nicht um ihn bekümmern dürfe. Im übrigen war er ein schweigsamer, sinnender, leicht aufbrausender Knabe, der am liebsten sein Wesen für sich hatte und früh eine ganz befremdliche Eifersucht auf die Schwester an den Tag legte. Es war ihm am wohlsten an Feiertagen, wenn sie droben in der luftigen Einsamkeit ohne fremde Kinder den ganzen Tag beisammen blieben und die Kleine sich für niemand putzte als für ihn allein. Sie hatten unter einem überhangenden Felsstück, wo wilde Beeren in Fülle wuchsen und die rauhe Wand dicht mit Efeu verkleidet war, ihre Einsiedelei errichtet, mit vielen wichtig behüteten und nur von den Eidechsen ausgespürten Verstecken für ihre kindischen Siebensachen. Im Hochsommer, wenn das Rebenlaub bis an den Fuß ihres Schlupfwinkeis wucherte, saßen sie da halbe Tage lang, und die Kleine reihte unermüdlich mit spitzer Nadel die blanken gelben Maiskörner auf lange Fäden, woraus ein lustiges

Geschmeide entstand. Waren die. Ketten fertig, so kniete der
Bruder vor Moidi hin und schlang ihr den Schmuck in
künstlichen Ringen um Stirne, Hals und Arme. Dabei
hatten sie allerlei konfuse, andächtige Vorstellungen, und
die Geschmückte fühlte eine dunkle Wonne, sich angeschaut
und bewundert zu wissen, wohl gar etwas vom
Heiligenschein um ihren törichten Kindskopf zu tragen. Der
Bub war noch feierlicher, und wehe dem, der in solchem
Augenblick dazu gekommen wäre und seine Huldigung
gestört hätte. Der Schwester selbst nahm er es jedesmal übel,
wenn sie plötzlich zu lachen anfing und aus Übermut und
Langeweile die gelben Kettchen zerriß, daß die Körner
eilfertig den Berg hinabrollten, und sie sich nach einem
andern Spiel umsehen mußten.

Die ersten Jahre ließ sie die Mutter bei all ihren
Heimlichkeiten und vertrauten Schleich- und Schlupfwegen
ungestört. Als aber der Andree größer wurde und mit
seinem scharfen Auge und seinen fragenden Mienen immer
verwundener und vorwurfsvoller ihrem Haß
gegenüberstand, suchte sie ihn der Kleinen durch allerlei
böse Reden und schwarze Verdächtigungen zu verleiden
und ergriff jede Gelegenheit, die Kinder zu trennen, mit
gehässiger Schadenfreude. Sie lag ihrem Manne sogar an,
den unnützen Buben, der doch keine Lust am Arbeiten
habe, zu dem Zehnuhrmesscr zu tun, daß der ihm
Unterricht gebe und einen Geistlichen aus ihm mache. Da
der Knabe einen aufgeweckten Verstand und großen
lerneifer in der Schule gezeigt hatte, leuchtete der Plan
beiden Männern ein, und Andree zog in die Stadt hinunter
zu dem geistlichen Herrn. Er war sehr still und traurig beim
Abschiede von der Kleinen, die aber lachte und von der
Trennung nichts begriff. — Der Hilfspriester wohnte unten
in der langen Laubengasse Merans, die ihren Namen hat
von den zwei Reihen steinerner Arkaden, in welche die

Sonne keinen Zugang findet. Die schmalen Häuser mit winkligen engen Höfen und düsteren Treppenfluren, meist uralt und die wenigsten sauber gehalten, haben eine beträchtliche Tiefe, und an die Hintergebäude stoßen nach Norden zu weite Weingärten, bis an den Fuß des Küchelberges, nach Süden öffnen sie sich gegen die Stadtmauer. Hier sind hellere Räume, und man blickt aus den Fenstern auf die Wassermauer und über den Fluß hinweg ins breite Etschtal hinaus. Auch das bescheidene Quartier des Hilfspriesters genoß diesen Vorzug. Aber der Knabe, an die freie Luft oben auf der Höhe gewöhnt, schien sich dennoch ein Gefangener. Ja, er hätte wohl gern seine sonnige Dachkammer mit einem finsteren Nordfensterchen vertauscht, von dem aus er den Berg und die kleine Felshöhle oben über den letzten Reben, den Ort seiner Kinderspiele, hätte sehen können. Er verstummte noch mehr als sonst, trotz alles Zuredens seines freundlichen Lehrmeisters. Das Lernen war ihm plötzlich verleidet; er aß wenig und schlief schlecht, so daß er in vier Wochen blaß und hohläugig wurde. Und eines Tags kam er zu seinem Lehrer und erklärte ihm, er werde sterben, wenn man ihn länger in der Stadt halte. Den Namen seiner Schwester hatte er nie genannt. Aber es war dem mitleidigen Seelsorger klar, daß ihn ein brennendes Heimweh nach ihr nage, und bestürzt übernahm er es, der Mutter die Notwendigkeit der Rückkehr vorzustellen. Die Alte wütete und schalt und wollte nichts davon hören. Am Abend desselben Tages aber klopfte der Knabe drohen in der Hütte wieder an, und nach einem leidenschaftlichen Auftritt, der wieder mit einem Krampfanfall der kleinen Marie endigte, ergab sich die Mutter in das Unabänderliche, unter der Bedingung, daß der entlaufene Student dem Vater Knechtsdienste tun und sein Lager in einem Winkel des Schuppens hinter dem Hause aufschlagen mußte.

Die Kleine war sehr glücklich, ihn wieder zu haben, und er selbst schien um diesen Preis keine Entbehrung und Zurücksetzung zu hart zu finden. Er war nun anstellig zu allem, was ihm der Pflegevater auftrug, arbeitete in den Weinbergen, ließ sich willig über Land schicken und sah die Mutter nur bei den Mahlzeiten, wo zwischen beiden nie ein Wort gewechselt wurde. Da er kein Geld erhielt und an Kleidern nur das Notdürftigste, blieb er von den anderen Burschen seines Alters, von den Schenken und Kegelbahnen ein für allemal weg und schien nichts daran zu entbehren. Denn an den Feiertagen pflegte er mit der Schwester nach wie vor lange Stunden hindurch zusammenzusitzen, und obwohl beide heranwuchsen, er ein kräftiger Jüngling wurde und sie längst den Burschen ein Ziel mancher zaghafteren oder dreisteren Werbung, war ihr Verkehr doch noch ein kindischer, ihr Gespräch ein törichtes Geplauder. Sie tat, was sie nur wußte und konnte, sein hartes Leben zu erleichtern, brachte ihm von allem, was sie etwa an guten Bissen von der Mutter erhielt oder, da sie näschig war, sich in der Stadt kaufte, seinen brüderlichen Anteil, und wenn er jenes verschmähte, nahm er doch ihre eigenen Gaben mit sichtbarer Freude. Oft nach einem schweren Arbeitstag, besonders in der Zeit der Lese, wenn die Sonntagssonne in seinem fensterlosen Schuppen ihn nicht zu wecken vermochte, schlich sie zu ihm hinein und saß im Dunkeln neben seiner Streu, die nur durch ein schlechtes Laken und eine Pferdedecke zu einem Bette wurde. Sie hatte ihren Spaß, wenn er im Dunkeln nicht begriff, daß sie bei ihm war, und ihre Hand, die ihm in den Haaren zauste, schlaftrunken abzuwehren suchte, als komme ihm etwa eine Feldmaus zu nahe. Wachte er dann auf, so hörte er ihr helles Lachen neben sich und lag nun wohl noch eine Weile in verstelltem Schlaf, um ihre Neckereien. länger zu erleiden. Sie tat es nicht anders, als daß er sie zur Kirche begleiten mußte, wo er dann von den Burschen, die sich ihr näherten und die sie zu verscheuchen gar keine Lust bezeigte, manchen eifersüchtigen Stich ins Herz empfing. Hier begegnete er auch oft seiner Patin, der Tante Anna, und hätte sich ihr, da sie ihn stets mit einem stillen und freundlichen Auge grüßte, gern genähert. Aber der Joseph Hirzer, der dann Wache hielt, ließ durch sein starres Anblicken deutlich erkennen, daß er sich jede Annäherung des vaterlosen Burschen verbitte. Und so blieb es auch zwischen den Kindern bei einem gelegentlichen Gruß, obwohl die Moidi öfters dem Bruder mit Lachen erzählte, daß die Rosina, des Hirzers jüngste Tochter, die nach der Verheiratung ihrer beiden Schwestern noch allein im Hause blieb, wieder einen so langen Blick nach ihm getan habe und sicherlich in ihn verliebt sei.

Jedesmal, wenn hiervon die Rede zwischen ihnen kam, oder eine Hochzeit das Tagesgespräch war, wurde der Jüngling doppelt nachdenklich und brach eilig ab. Ihm selbst schienen alle Mädchen eher unbequem und alle Liebesscherzreden ein Abscheu zu sein. Ob er darüber nachdachte, jemals ein eigenes Hauswesen zu gründen, war nicht zu enträtseln. Aber mit einem seltsamen Ausdruck tiefer Angst sah er der Schwester ins Gesicht, sooft deren leichtsinnige Gedanken bei ihrer Zukunft verweilten und eine Trennung von ihm ihr als eine Möglichkeit erschien, die doch wohl zu verwinden wäre. Du bist ein Kind, sagte er dann. Wer darf dich heiraten? Die Männer sind alle schlecht und Ehstand ist Wehstand. Du sollst bei mir bleiben, ich will schon für dich schaffen und dir ein gutes Leben machen. Was schwatzest du von anderen? Eh' mir einer gut genug ist für dich, muß die Passer den Ifinger hinanfließen.

Sie lachte zu solchen Reden und ließ sie sich gefallen, weil sie ihr schmeichelten. Auch schien keine ernste Neigung in ihrem leichten Sinn wurzeln zu können. Die Mutter tat das ihrige, Freier, die sich von ferne blicken ließen, zurückzuschrecken. Und so blieb durch viele Jahre droben auf dem Küchelberg die wunderliche Gesellschaft beisammen, und keine Änderung war abzusehen.

Da erlag eines Tages der Mann dem Einflusse jenes Sterns, der schon seinen würdigen Vorfahren zu Grabe geleuchtet hatte. Er starb im Säuferwahnsinn. Von dem Tage an war das eifrigste Bestreben der Witwe darauf gerichtet, den Sohn aus dem Hause zu schaffen. Eine nähere Schilderung jenes bösen wilden Auftrittes, der ihr zum Ziele verhalf, wird uns gern erlassen werden. Die Geschwister trennten sich; die blonde Moidi hatte keinen Mut, dem Bruder zuzureden, sich einer zweiten Mißhandlung auszusetzen. Geh nur, sagte sie. Es ist besser so. Ich verlass' dich schon nicht. Du weißt ja, ich mach' mit ihr, was ich will, und wenn sie mir das Türl versperrt, spring' ich zum Fenster hinaus und lauf zu dir.

Auch hielt sie Wort. Aber was half's ihm, daß keine Woche verging, wo sie ihn nicht aufsuchte, ungerechnet ihr Wiedersehen an den Sonntagen? Täglich, stündlich war er ihre Nähe gewohnt gewesen. Jenes kindische Heimweh, das ihn vom Zehnuhrmesser fortgetrieben hatte, wuchs ihm oft genug, wenn er nach heißer Arbeit unter den Kastanienzweigen saß, so unbezwinglich über den Kopf, daß er den schroffen Abhang des Berges dicht über dem Dorfe Gratsch hinanstürmte, um nur vor Schlafengehen noch das Dach des Häuschens zu sehen, oder gar etwas, das dem Mädchen selber glich. Auch geschah es mehr als einmal, zumal an Feiertagen, wenn sie an den verabredeten Ort nicht kam, daß er in fiebernder Eifersucht die Wege nach ihrem Hause bewachte, ob etwa ein Besuch sie zurückhalte. Er lag dann förmlich im Hinterhalt. Kam ein Bursch vorbei, bergab schreitend, so stellte er sich schlafend, um seine

Mienen auszukundschaften. Ihm war unselig dabei zu Mut. Eine Ahnung dämmerte in ihm auf, dies alles sei nicht recht und löblich. Warum gönnte er der Schwester nicht, was allen Mädchen zukam, Freiheit in Wünschen und Neigungen? Mit heißer Angst jagte er diese Gedanken von dannen, die immer zudringlicher zurückkamen. Freilich ihr Vater war nicht der seine. Aber waren sie darum weniger Geschwister?

Oft genug kam es ihm auch, daß er fort müsse, daß es ihm draußen leichter ums Herz werden würde. Was stand ihm auch im Wege? Was hielt ihn? Hier nicht besser als in der weiten Welt mußte er sich hart durchs Leben schlagen. Und wer weiß, er konnte wohl seinen Vater draußen antreffen; es war in aller Weise das ratsamste, die Luft zu verändern. Wenn er nur zum ersten Schritt die Kraft erschwungen hätte!

Von neuem wälzte er diese Gedanken, als er heut unter den Reben bei der Schlafenden saß und das Spiel des Sonnenstrahls auf ihrer Stirn bewachte. Die Erschütterung, von der sie nun erquicklich und erinnerungslos ausruhte, zitterte ihm noch durch alle Adern, und der Anblick ihrer unschuldigen Ruhe mehrte nur seine Verwirrung. Er suchte in sich nach dem Mut, jetzt ein feierliches Gelübde zu tun, das ihn forttriebe von hier, wo die natürlichsten Bande sich so unheilvoll verstrickt hatten. Neben ihr begriff er nur zu gut, wie nötig es sei, zu fliehen. Aber wenn er darin wieder allein war, fühlte er, daß es unmöglich sei.

Er rührte die Schlafende nicht an, er hatte seit seinen Kinderjahren nicht mehr gewagt, ihren roten lachlustigen Mund zu küssen. Aber die Scheu, mit der er sie betrachtete, war mit einer dumpfen, leidenschaftlichen Qual gemischt, und ihr leichter Atem, der sein Gesicht streifte, trieb ihm das Blut heftig zum Herzen.

Es ward schon abendlicher draußen, denn der Marlinger Berg im Westen verbirgt die Sonne früh. Die Schläferin erinnerte sich jetzt, richtete sich im Grase auf und sah mit großen Augen umher. Als sie den Bruder neben sich erblickte, lachte sie ihn freundlich an. Wie lange hab' ich geschlafen? sagte sie verwundert. Wie kam es denn, daß ich mich hier niedergelegt hab'?

Es war heiß, sagte er. Nun aber geh nach Haus, Moidi. Ich muß drüben nachschauen, ob alles in Ordnung ist.

Sie stand auf und gab ihm die Hand. Gute Nacht, Andree, sagte sie hastig, denn eine Erinnerung an das Vorgefallene stieg dunkel in ihr auf. Übermorgen ist Sonntag. Du kommst doch in die Kirche?

Nein, Moidi. Du weißt ja, daß ich auf dem Posten bleiben muß, solang' ich den Saltner mache.

Es ist wahr, erwiderte sie nachdenklich. Ich komm' aber schon wieder zu dir. Gute Nacht!

Er kämpfte mit sich, ob er sie bitten solle, nicht mehr zu kommen. Aber ehe er sich entschließen konnte, war sie schon auf und davon. Am Ausgang der Laube stand er und sah ihr nach, wie sie behende das steile Treppchen hinanstieg. Der lange hundertfaltige Rock bewegte sich zierlich um ihre Knöchel, bei jedem Schritt wie ein Fächer die Falten öffnend und wieder zusammenschlagend. Von oben winkte sie noch einmal zurück mit der Hand. Er grüßte nicht hinauf; das Geländer zitterte, an dem er angelehnt stand, und ein Seufzer, den er lange verhalten hatte, befreite ihm doch nicht seine beklommene Brust.

In diesem Augenblick hörte er einen raschen Männerschritt von unten heraufkommen und erkannte einen seiner

Kameraden, einen langbärtigen starken Burschen, ebenfalls mit dem Trutzhut ausgerüstet, statt der Hellebarde eine große Fichtenkeule in der rauhen Faust, deren wuchtiges Ende er lustig winkend schwang. Andree! sagte er, als er ihm nahe genug war, wie ist's auf die Nacht? Soll ich mit dir wachen? Du hast mit dem Welschen zu tun gehabt, hab's wohl gemerkt. Und sei gewiß, er schenkt dir's nicht und bringt auch wohl Verstärkung mit. Schau, da hab' ich was, um den Hunden den Spaß zu versalzen!—und er zog aus der Brusttasche seiner Lederjoppe eine kleine Pistole und ließ den Hahn knacken.

Ich dank', Köbele, erwiderte Andree. Der Welsche ist feige wie die Sünde. Allein kommt er einmal nicht, und wenn's ein ganzer Haufen ist, sind wir zwei doch zu schwach gegen sie. Ich gebe dann das Zeichen, und du magst's den andern sagen, daß sie fein aufpassen. Das Ding da—er wies auf die Taschenpistole—laß aber in Frieden. Bei der Dunkelheit hat's keinen Schick, und du verpuffst bloß das Kraut. Fassen wir einen, so taugt ihm die Jacke voll Schläge besser als so ein Loch in der Haut, das er nachher vorweisen kann gegen uns.

Wie du meinst, gab der Bursch zur Antwort. Es ist halt nur auf alle
Fälle. Ich wollt' aber, sie kämen. Sie haben eine schöne Rechnung
bei mir auf der Kerbe, und der Hans ist auch ganz fuchtig auf die
Halunken. Einmal müssen wir's ihnen eintränken.

Andree schwieg, und der Bärtige stieg mit einem kurzen Gruß wieder hinab. Man war schon gewohnt, den Verschlossenen gewähren zu lassen und sich ihm nicht aufzudrängen.

Nun war die Sonne hinter den Berg gegangen, aber noch Stunden währte es, bis die Nacht die Herrschaft gewann. Denn zur Rechten hoch aus dem Vintschgau zuströmend und drüben bis an den Gürtel des Ifinger hinab waltete noch die Tageshelle, und ein bläulicher Duft wölkte sich über dem Flusse hin, hie und da von einem Sonnenstreifen durchschossen, der hinter der Bergwand sich in die Täler hereinstahl. Die Hirten trieben unten in den Wiesen ihre Herden zusammen, und alle Wege zu den Dörfern hinauf belebten sich mit schönen falben Kühen, die über Tag an den Bächen unten geweidet hatten. Im Süden aber die Trientiner Berge und die schöne, kühn hereinblickende Mendelspitz verschleierten sich unter den feuchten Dünsten, die der Schirokko ins Tal heraufwehte.

Spät erst kam ein schmales Stück des Mondes hervor, warf einen unsicheren Blick in die stille Tiefe und verschwand alsbald hinter der schweren Feuchte, die sich träge an den Bergen hintrieb. Das letzte Geräusch in der Stadt, wo der Feierabend frühzeitig eintritt, das letzte Geläut von den Türmen hüben und drüben verklang. Nur die raschen Bergwässer rauschten, und von ferne summte der Südwind daher, trieb den Staub am Wege in leichten Wirbeln auf und raschelte durch die Blätter des vergangenen Herbstes. Auch das ward still, als es gegen elf Uhr ging, und nun hing die regungslose schwarze Nacht, ohne Sterne, ohne einen Hauch, feucht und warm über der Erde und goß ihren Schlaftau auf die tausend Augen.

Die Weinhüter schliefen nicht, und sie wußten warum. Es war nicht die erste mondlose Nacht, in der freche Diebe Einbruch in die Rebengänge versucht und schweren Schaden verübt hatten. Oben bei seiner Maisstrohhütte saß Andree, rauchte aus der kleinen Pfeife und griff im Dunkeln öfters nach dem Kruge, den sein Herr ihm auf die Nacht frisch hatte füllen lassen. Die schweren Regentropfen, die einzeln durch das Blätterdach auf ihn eindrangen, fühlte er kaum in seinen dichten Haaren. Er horchte aber unverwandt nach der Stadt hin, und als es elf geschlagen, hob er sich leise empor und schlich an eine Stelle dicht über der Straße, wo die Laube durch grobe Kürbisblätter und ein vortretendes Mäuerchen zu einem Spähewinkel ausgebaut war. Hier duckte er sich hinter die Steine, die Hellebarde bequem zur Hand, und zündete eine neue Pfeife an. Sein Blut war viel ruhiger als über Tag. Es tat ihm wohl, daß er zu tun bekam, daß er seine heiße Unruhe an einer Gefahr austoben konnte. Denn daß der Welsche die Nacht nicht vorüberlassen würde, ohne Rache zu versuchen, stand ihm fest.

Aber der Feind ließ sich Zeit; er schien die Wächter sicher machen zu wollen. Man hörte die Mitternacht vorn Turm schlagen, und noch regte sich nichts. Einer der Saltner, der das Nachbargut hütete, strich bei seiner Runde an Andree vorbei. Heut kommen sie nicht, sagte er. Ich geh' hinauf in die Hütten. Passiert was, so brauchst nur pfeifen. Gute Nacht! murmelte Andree. Es war ihm lieb, daß der Kamerad zu schlafen vorzog. Er hätte am liebsten ganz allein Mann an Mann mit dem Welschen zu tun gehabt.

Wieder eine halbe Stunde verging, da horchte plötzlich der Einsame hoch auf. Unfern von ihm, wo ein Bauernhof zwischen den Weingütern sich an den Berg lehnte, erscholl ein gewaltiges Brüllen, und gleich darauf stürmte unter heftigem Krachen zersplitternder Geländerstäbe eine dunkle Masse heran, die nichts Menschlichem glich. Der Lauschende sprang auf seine Füße, das Herz klopfte ihm, unwillkürlich schlug er ein Kreuz. Stufen und Mauerwerk trennten ihn von der Laube drüben, im Nu stand er auf dem Rande der Brustwehr und spähte, auf die Hellebarde gestützt, atemlos in das nachbarliche Revier, aus dem der Lärm erscholl. Es kam näher und näher, ein Geheul wie von einem angeschossenen Tier in der Wildnis, das wütend den Jäger sucht. Und jetzt donnerte es drüben dumpf gegen die Mauer, die Steine wichen aus den Fugen, stürzten prasselnd die Stufen hinab, und nach stürzte durch die Bresche, sich überschlagend im Fall, das rätselhafte Ungetüm mit solcher Gewalt in den Treppenhohlweg hinunter, daß die Mauer, auf der Andree stand, wie von einem Erdbeben erschwankte.

Sofort wurde alles still, nur ein schwaches Gestöhn drang zu den Ohren des Lauschenden aus der Tiefe herauf, wo die schwere Masse zusammengestürzt war. Der Bursch war nicht mehr im Zweifel darüber, daß es eine von den Kühen des Nachbarn sei, deren Stall an den Rebengarten grenzte. Ein grimmiger Verdacht loderte in ihm auf. Er pfiff zweimal gellend auf den Fingern, sprang dann hinab und schwang sich über die Mauer auf die Straße.

Das gestürzte Tier lag am Rande des Weges halb zwischen den Steinen eingeklemmt und schlug mit den Beinen um sich, die Hörner in den Boden einwühlend. Doch schien es von der Qual befreit, die es vorhin durch die Lauben gehetzt hatte; es stieß nur dann und wann ein dumpfes Brüllen aus, als wollte es Hilfe herbeilocken, und war zahm und geduldig, als Andree herantrat.

Drei oder vier von den anderen Burschen kamen jetzt von verschiedenen Seiten herbei, sie wechselten heftige halblaute Reden, ehe sie Anstalten machten, dem Tier wieder auf die Beine zu helfen. Andree schwieg und spähte am Boden umher. Plötzlich hob er mit dem Eisen seiner Waffe etwas Glimmendes vom Boden auf. Es ist richtig! sagte er, ich dachte mir's gleich und roch es, wie ich herunterkam. 's ist eins ihrer Bubenstücke. Da seht!

Er hielt ihnen ein Stück Zunder hin, das trotz der Feuchte immer noch fortbrannte. Schandvolk! brauste er auf. Sie haben's der unschuldigen Kreatur ins Ohr gesteckt, um sie rasend zu machen. Wäre sie nicht zu Fall gekommen, so hätt' sich's durchgebrannt, bis ins Hirn, und sie wär' jetzt für den Schindanger reif. So hat sich's herausgeschüttelt, und der Bauer kann von Glück sagen. Hätt' ich den Buben, heiliges Kreuz—!

Der Köbele knackte am Hahn seiner Pistole. Willst du mit mir kommen,
Andree?

Nein. Laß das Ding da in Ruh, gab der Bursch finster zur Antwort.
Macht, daß ihr die Kuh wieder zum Stehen bringt und schafft, sie heim.
Ich will allein gehen.

Er sprang mit großen Sätzen geräuschlos durch die Weiden gegenüber und über das Wiesen- und Sumpfland; eine wilde Kampflust glühte in ihm, die alle seine Sinne schärfte. Der Regen fiel jetzt gleichmäßig und mit starkem Rauschen herab, und der Wind sauste stärker. Dennoch hörte Andree, als er dem Stadttor näher kam, ferne Schritte unter den Weiden und sah jetzt auch, weit voraus, zwei fliehende Gestalten und erkannte mit kaum verhaltenem Jauchzen die weißen Jacken der verhaßten Feinde. Kaum hundert Schritte noch, so hatten sie das Tor erreicht. Aber sie kamen langsam von der Stelle. Der eine—er war jetzt nahe genug, es deutlich zu unterscheiden—hinkte mühsam am Arme seines Kameraden hin. Das Tier mochte sich mit seinen scharfen Hörnern zur Wehr gesetzt haben. Sie sprachen im Gehen von ihrer Untat, der Hinkende lachte eben mit einer Stimme, die dem Rächer vom Morgen her nur zu gut bekannt war. Aber das Lachen ward jählings zu einem Schrei des

Entsetzens. Denn von einem wütenden Schlag der
Hellebarde getroffen, stürzte der Elende in die Knie und
winselte um Pardon. Ein neuer Stoß streckte ihn stumm zu
Boden. Sein Geselle, der ihm beispringen wollte, wurde von
zwei stählernen Fäusten gepackt, ein wildes Ringen begann
in der Finsternis, keiner sprach ein Wort, nur die Zähne der
erbitterten Gegner knirschten, und sie starrten einander
dicht ins Weiße der Augen. Da sah der Soldat seinen Vorteil
und drängte den Feind dicht an den Rand des Grabens, daß
ihm der Fuß auf dem schlüpfrigen Boden ausglitt und er
rücklings niedertaumelte. Ehe er sich wieder aufgerafft hatte,
war der Weißrock entsprungen, und Andree stand einsam
neben dem regungslos daliegenden Welschen, der auf alles
Rufen und Rütteln kein Lebenszeichen mehr von sich gab.

Er ist hin! sagte der Bursch laut für sich, da ihm die leblose
Masse wieder aus den Armen glitt. Bei dem Ton seiner
eigenen Worte schauderte er unwillkürlich zusammen. Sein
ganzes elendes Leben stand ihm plötzlich vor der Seele.

Nicht der Totschlag war es, der ihm so grauenvoll aufs
Gewissen fiel. Sie waren als ruchlose Räuber bei nächtlicher
Weile eingebrochen, und was sie traf, war gerechte Rache für
ihre Heimtücke. Wenn der andere Weißrock, der entflohene,
der ihm völlig fremd war, so vor ihm dagelegen hätte mit
zerschelltem Hinterhaupt, das Gesicht in die Lache seines
eigenen Blutes gedrückt, wär' es dem trotzigen Burschen
wohl schwerlich nahegegangen. Aber daß es dieser sein
mußte, den er gehaßt hatte, gehaßt, weil die Moidi ihm
freundlich gewesen war — seine Schwester — ! — Das Blut
schien ihm zu Eisklumpen zu gerinnen, wie er es jetzt zum
erstenmal mit unbarmherziger Klarheit vor sich stehen sah,
sein fluchwürdiges Schicksal. Mit Rache- und Blutgedanken
hatte er am Wege gelauert den ganzen Tag und die halbe
Nacht. Was war ihm der Frevel an den Rebstöcken und dem

unschuldigen Tier? Einen ganz anderen Frevel hatte er zu
rächen: daß dieser verwegene Gesell mit dem Mädchen
schön getan, daß das Mädchen über seine Reden gelacht,
daß sie ihn gegen den Zorn des Bruders jetzt so verteidigt
hatte. Darum hatte er büßen müssen, darum lag er jetzt so
still in seinem Blut, und der vor ihm stand, war kein Hüter
des Gesetzes, sondern ein Mörder, geächtet von seinem
eigenen Gewissen.

Der Köbele kam jetzt heran, und sein Schritt schreckte den
hoffnungslos Brütenden auf. Er sprach kein Wort auf alles,
was der andere redete und rannte. Er bedeutete ihm mit
stummen Gebärden, daß sie den Toten aufheben und in das
Kapuzinerkloster tragen wollten, das hart am Tor von
Meran über die Mauer blickt. Erst dort an der Klosterpforte,
als sie ihre Last auf der Schwelle abluden, sagte er dumpf:
Zieh an der Glocke, Köbele, und wart, bis sie aufmachen.
Kannst ihnen sagen, daß ich's getan hab'. Und behüt dich
Gott; mich wirst nimmer wiedersehen.—Damit wandte er
sich kurz ab und verschwand in der dunklen Straße.

Es war ihm eilig mit dem, was er vorhatte, doch konnte er
nur langsam seine Glieder weiterschleppen, so schwer
lähmten ihn seine Gedanken. Als er die finstern Bogengänge
der "langen Lauben" betrat, wo er vor dem Regen geschützt
war, setzte er sich auf einen der Steinsitze und lehnte das
schwere Haupt gegen den Pfeiler. Hier saß über Tag das alte
Mütterchen, das auf seinem Kohlenofen Kastanien briet. Die
Erde war noch mit Schalen bestreut, die unter Andrees
schweren Nägelschuhen krachten. Wie oft hatte er hier
seinen Hunger gestillt, wenn er zu stolz gewesen war, die
eigene Mutter um Essen zu bitten! Und dort, wenige Häuser
aufwärts, war der Laden des Zuckerbäckers, dem die Moidi
ihre Sparkreuzer hinzutragen pflegte. Er sah noch deutlich
das große Herz von Biskuit, das erste Naschwerk, das sie

49

sich selber gekauft. Sie hatte es mit ihm teilen wollen und, da er's ausschlug, in die Passer geworfen, obwohl sie es sehr gern gegessen hätte; denn sie weinte, als sie es getan hatte. Noch jetzt, da er an diese kindischen Tränen zurückdachte, fühlte er eine triumphierende Freude, daß er so viel Gewalt über ihr leichtsinniges, trotziges Herzchen gehabt hatte, und in demselben Augenblicke erschrak er über diese seine Freude. Er sprang verstört wieder auf und tappte sich vorwärts in dem öden Hallengang, bis er an das Haus kam, wo der Zehnuhrmesser wohnte. Die Haustür war unverschlossen, der Flur mit der morschen winkligen Treppe so dunkel, daß jeder fremde Eindringling Gefahr lief, den Hals zu brechen. Andree stieg auf den Zehen hinauf, er kannte jede Stufe. Die Fledermäuse schwirrten auf, als er oben unters Dach trat, wo der geistliche Herr sein Quartier hatte. Da stand er eine Weile an der Tür und horchte, ob er ihn drinnen im Schlaf atmen hörte. Darin entschloß er sich einzutreten.

Das Zimmer aber war leer; auch in der anstoßenden Kammer, wo er selbst als Knabe gehaust hatte, fand er ihn nicht. Und als ob er sich jetzt erst recht von Gott und Menschen verlassen fühlte, setzte er sich auf das unberührte Bett und dachte von neuem an all die Jahre zurück und brütete über finsteren Entschlüssen.

Die große Katze, die Haushälterin des Zehnuhrmessers, schlich sacht heran, denn sie hatte ihn wohl erkannt, und knurrte schmeichelnd um ihn herum. Jetzt sprang sie ihm auf den Schoß und rieb ihren weichen Rücken gegen seine Brust. Da stürzten ihm die Tränen mit Gewalt aus den Augen, und er begrub das Gesicht in das seidene Fell des alten Lieblings. Als er sich so erleichtert hatte, hob er das Tier sanft von den Knien herab, richtete sich auf und tastete die schwanke Stiege wieder hinunter. Denn draußen schlug es ein Uhr, und er durfte nicht zaudern, wenn er sein Vorhaben ungehindert ins Werk setzen wollte.

Er schlug den Weg ein, den sein geistlicher Freund am Morgen hatte gehen wollen, nach dem Schloß hinauf, wo der Hirzer wohnte. Der Zehnuhrmesser war dort besonders gern gesehen; er mochte sich droben in geistlichen Gesprächen mit der Tante Anna oder bei einer Weinprobe verspätet haben und über Nacht geblieben sein. Wenigstens würden sie dort wissen, wohin er sich gewendet habe. So durchschritt der Flüchtling mit freierem Fuße die Laubengasse und das Passeirer Tor und betrat den steinernen Steg über die wilde Passer. Der Regen rieselte jetzt weicher herab, das Gewölk wurde luftiger, und der Wind kam lebhaft aus Nordost und klärte schon ein Stück des Himmels, daß schwache Mondstrahlen in die schäumenden Wellen der Felsschlucht fielen. Da zur Linken den Berg hinauf, eine Viertelstunde Wegs, und er hätte in das Fenster spähen können, hinter dem seine Schwester schlief. Und hier über die steinerne Brustwehr hinab—ein letztes Gebet und ein rascher Sprung—und er wäre aller irdischen Qual entrückt gewesen. Aber als ob ihm vor beiden Versuchungen gleich sehr graute, schritt er nun hastiger über die hallenden Steinplatten der Brücke und trocknete sich den Schweiß von der Stirn, als er drüben die Abhänge von Obermais betrat.

Die Saltner riefen ihn an, als er durch Gassen und Fußpfade hinaufstieg. Er wechselte das Zeichen mit ihnen, stand aber nicht Rede auf weitere Fragen. Immer ungeduldiger sah er zu der Höhe auf, von der die alte Burg herniederwinkte, ein schwarzer, unförmlicher Steinhaufen, um den die Kastanienwipfel rauschten und ringsum durch die Weingärten die Bäche zu Tale flossen. Dieses Weges war Andree nicht mehr gegangen seit seinem siebenten Jahr, wo er einmal die Kinder des Hirzers droben aufgesucht hatte, im stillen danach verlangend, seine sanfte, blasse, schönäugige Pate zu sehen, die Tante Anna. Damals hatte ihn der Bauer mit unholden Worten vom Hofe weggescholten und ihm verboten, sich je wieder blicken zu lassen. Knirschend war er gegangen, und nichts hätte ihn vermocht, die Schwelle wieder zu betreten. Aber die Not, in der er war, ließ ihn all den alten Hader vergessen.

Erst wie er droben war, nach mühseligen Irrwegen über die Felsen, fiel es ihm aufs Herz, daß er in dem Gewinkel des alten Baues nicht Bescheid wußte, und er stand einen Augenblick ratlos unter dem Bogentor, das in den untern Hof einführt. Er sah wohl die schmale Holzstiege, die unter freiem Himmel an der verfallenen Mauer klebte und die man hinaufstieg, um in die noch wohnlich erhaltenen Gemächer zu gelangen. Wenn er die feindseligen Männer umsonst weckte und den geistlichen Herrn nicht fand, in welchem Lichte mußte er dastehen, und was sollte er ihnen sagen, den nächtlichen Besuch zu entschuldigen? Sein Kopf war so wüst und leer, daß er Mühe hatte, sich alles zurechtzulegen. Und fast wäre er wieder umgekehrt, wenn nicht das Geheul des Haushundes, der droben auf der Stiege in einem Loch der Mauer geschlafen hatte, ihn aus aller Verlegenheit gezogen hätte.

Denn kaum hatte der alte Wächter, der mit den Jahren zu träge geworden war, sich von der Stelle zu rühren, aber in seinem leisen Schlaf jeden fremden Schritt im Hofe vernahm, ein paar Minuten lang verdrossen vor sich hin gebellt, so öffnete sich dicht neben seinem Lager die kleine Tür, und eine weibliche Gestalt erschien oben auf der Treppe. Andree hörte, wie sie mit dem Hunde sprach und ihm seine unruhigen Träume verwies und den Lärm, der die Tante Anna nicht schlafen lasse. Rosine! rief er hinauf. Das

Mädchen erschrak und trat in die Tür zurück. Einen Augenblick horchte sie, auch der Hund schwieg. Als zum zweitenmal ihr Name gerufen wurde, trat sie spähend an das Stiegengeländer vor. Wer ist drunten? rief sie mit zitternder Stimme. Bist du's, Andree?

Ich bin's, gab der Jüngling zur Antwort. Ist der Zehnuhrmesser droben im Haus?

Sie schien die Frage überhört zu haben. Im Nu war sie in das Haus zurückgesprungen und ließ ihn in zorniger Ungeduld drunten harren. Rosine! rief er überlaut, daß die Trümmerwölbungen widerhallten. Da trat sie schon wieder heraus, ein Tuch übergeworfen, und huschte an dem Hunde vorbei, die steile Treppe hinab. Andree! Ist's möglich? flüsterte sie, hastig auf ihn zueilend. Was suchst du hier zu dieser Zeit? Ist was passiert, mit der Moidi, oder-Den Zehnuhrmesser such' ich, unterbrach er sie. Sag, ob er oben ist, oder wo ich ihn finden kann.

Er ist droben, antwortete sie rasch. Komm hinauf. Ich bring' dich zu ihm, der Vater schläft fest, niemand soll's wissen als die Tante.

Auch die nicht, herrschte der Bursch. Ich habe keine Zeit übrig. Gut, daß du bei der Hand warst. Ich war drauf und dran umzukehren.

Sie stiegen die Treppen hinauf, der Hund winselte unwirsch, aber ließ sie unangefochten eintreten.

Ich hab' von dir geträumt, grad' eh' du kamst, sagte das Mädchen, während sie in der Küche, dicht neben dem Hausgang, ein Lämpchen anzündete. Es war schrecklich. Du lagst tot auf der Wassermauer; sie hatten dich aus der Passer gezogen und wollten dich wieder zum Leben bringen, und ich stand dabei und sagte immerfort: Laßt ihn doch, es hilft ja alles nichts! Und dabei wurde ich selber eiskalt übern ganzen Leib und erschrak vor meiner eigenen Stimme, aber ich mußte immer wieder sagen: Es hilft alles nichts, er ist tot—und da bellte der Hund, und nun stehst du lebendig neben mir, Andree, Gott sei gelobt!

Traum kann Wahrheit werden, murmelte er zwischen den Zähnen, aber er wollte sie nicht noch mehr ängstigen und setzte laut hinzu: Ich lebe noch, Rosine, aber ich muß fort von hier, du wirst bald genug hören, warum. Und diese Nacht noch muß ich gehn, sobald ich den hochwürdigen Herrn gesprochen habe.

Das Mädchen ließ die Lampe aus der Hand gleiten, daß das Öl auf den Herd floß. Ihr feines blasses Gesicht rötete sich heftig, und die schönen braunen Augen blickten verstört auf, als hätten sie ein Gespenst gesehn. Fort willst du? sagte sie. Ist es möglich, Andree? Die Moidi willst du verlassen und uns alle, und wann wirst du wiederkommen? Was ist denn geschehen? Hat die Mutter wieder-Schweig von der Mutter, fiel er ihr hastig ins Wort. Frag nicht weiter, es kommt alles an den Tag. Und jetzt sag, wo der geistliche Herr schläft. Ich habe keine Minute übrig.

Sie nahm das Lämpchen mit demütigem Stillschweigen vom Herd und ging ihm voran, durch den reinlichen Flur, von dessen weißgetünchten Wänden ein paar uralte braune Heiligenfiguren, die der Tüncher geschont hatte, aus traurigen langgeschlitzten Augen auf sie herabsahen. Eine enge Steintreppe lief hinauf zu den oberen Räumen; alles war durchduftet von dem Geruch schöner reifer Äpfel, die droben im Winkel aufgeschichtet lagen. Eine alte Wanduhr tickte mit hartem Pendelschlag, und die Mäuse liefen, durch die nahenden Schritte aufgeschreckt, kollernd und rappelnd in ihre Schlupflöcher zurück.

Hier! sagte das Mädchen, auf eine große altertümliche Tür zeigend. Sie gab dem Jüngling die Lampe in die Hand und blieb draußen im Hausgang stehn, bis er eingetreten war. Einen Augenblick fühlte sie sich versucht, das Ohr ans Schlüsselloch zu legen. Darin schüttelte sie traurig den Kopf und schlich die Stufen wieder hinab in die öde Küche, zu warten, bis er wiederkäme.

Er aber stand droben eine ganze Weile in dem ungeheuren, rings mit dunklem Holz ausgetäfelten Saal, wo in einer Nische dem geistlichen Herrn ein Bett bereitet war, und konnte sich nicht entschließen, den friedlich Schlafenden zu wecken. Zum erstenmal fühlte er es dunkel, daß sein teurer Lehrer und Seelsorger nicht die Macht hatte, Stürme zu beschwichtigen, wie sie in seinem Gemüte tobten. Eine dunkle Angst, mit seinem beladenen Gewissen an eine sichere Stelle zu flüchten, hatte ihn hierher getrieben. Aber der Frieden, der auf diesem ruhig atmenden, leicht geröteten Gesichte lag, war nicht für ihn. Wozu sollte er seine Notklagen, da niemand ihm helfen konnte.

Er zog schon den Fuß zurück, um die Halle sacht, wie er gekommen war, wieder zu verlassen, als der Schlafende, von der Flamme des Lämpchens beunruhigt, eine Bewegung machte und mit noch geschlossenen Augen vor sich hin sagte: Der heurige wird gut, aber der ferndige war besser. Schau nur fleißig zu, Andree; der rote Farnatsch—Hochwürdiger Herr, sagte der Bursch mit erhobener Stimme; ich bin hier und bitt' um Entschuldigung, wenn ich Ihre Nachtruh' störe. Aber ich möcht' doch nicht weggehen, ohne Abschied von Ihnen zu nehmen.

Erschrocken fuhr der Träumende in die Höhe und starrte mit weit aufgerissenen Augen den nächtlichen Besucher an. Himmlische Barmherzigkeit! rief er, was ist geschehen? Andree—bist du's wirklich, hier oben auf Schloß Goyen, bei nachtschlafender Zeit, und mit einem Gesicht, mehr tot als lebendig?

's ist mir auch danach zu Mut, Hochwürden, erwiderte der Jüngling. Ich muß mich fortmachen, wie Kain, ich habe einen Menschen erschlagen und keine Ruhe mehr auf Erden.

Andree! rief der entsetzte Hörer. Du hast—Das Wort erstarb ihm auf der Zunge; mit entgeistertem Gesicht saß er im Bette da und faltete mechanisch die Hände über der rotgewürfelten Decke. Der Jüngling erzählte mit scharfer Kürze, wie sich alles zugetragen. Von der Schwester sagte er kein Wort.

Er schloß damit, daß er nun zunächst in einem Kloster Zuflucht suchen wolle und den hochwürdigen Herrn bitte, ihm eine Empfehlung mitzugeben, daß man ihn nicht abwiese, wenn er ohne allen Ausweis anklopfte. Dann schwieg er und wartete mit Ungeduld, was sein Seelsorger dazu sagen würde.

Der aber starrte in tiefen Gedanken vor sich hin. Das geht nicht an, mein Sohn, sagte er endlich mit bekümmerter Miene. Die Gerichte werden deine Auslieferung verlangen, und da du noch keine Weihen erhalten hast, wirst du wieder zurückgebracht werden. Und was können sie dir auch so Schlimmes antun? Du warst nicht der Angreifer und hast im Finstern zugeschlagen, und die arme Seele des schändlichen Räubers kann dich nicht verklagen vor Gottes Thron. Also mein' ich, du gehst ruhig aufs Amt und machst Anzeige und wartest ab, was das Gericht dazu sagt. Denk, wenn du landflüchtig würdest, was sollt' deine Schwester anfangen, die keine Stütze hat als dich, wenn die Mutter die Augen schließt.

Die Glut schoß dem Jüngling ins Gesicht, und er wandte

sich ab. Es ist einmal nicht zu ändern, sagte er dumpf. Hier bleiben, Rede stehen, bestraft und bedauert werden? Lieber gleich in die Hölle fahren, —Gott verzeih' mir die Sünde! Wenn Sie mir nicht beistehen wollen, Hochwürden, so sag' ich behüt' Gott! und geh' meiner Wege. 's ist was—fuhr er zögernder fort—, was ich Ihnen nicht sagen kann, das stößt mich fort von hier, daß mir ist, als müßt' ich grad' ersticken, wenn ich zwischen diesen Bergen noch länger Odem holen sollt'. Und wenn auch alles glatt abginge beim Amt, ich bliebe doch nicht, ich ginge ins Kloster sowieso, da's unser Herrgott verboten hat, sich selbst aus der Welt zu helfen, was ich freilich am liebsten tät'. Aber irgendwo muß ich hin, wo ich für alle und jedermann wie tot und begraben bin und auch ganz vergesse, daß noch Menschen auf der Welt sind. Dann kann ich's vielleicht aushalten, sonst nicht, so wahr ich hier vor Ihnen stehe.

Der Priester zog die dünnen Augenbrauen mit einem lauschenden Ausdruck von Wichtigkeit in die Höhe und wiegte den Kopf hin und her. Was sind das für secreta mysteria? sagte er mißbilligend. Auch deinem Beichtvater willst du's nicht sagen?

Dem wohl, erwiderte der Jüngling ausweichend und immer tiefer errötend.
Aber erst wenn ich im Kloster bin. Und darum bitt' ich inständig,
Hochwürden, daß Sie mir zur Ruhe verhelfen und mich nicht ohne
Empfehlung gehen lassen.

Mag's drum sein, armer Sohn, sagte der kleine Priester mitleidig. Du hast früher einen guten Anfang gemacht in den geistlichen Studien, und ich meine, vom Latein wird dir noch einiges hängengeblieben sein. Ich will dich an den Pater Benediktus empfehlen—und er nannte ihm den

Namen eines hoch im Vintschgau gelegenen Kapuzinerklosters, das wegen seiner rauhen Luft wenig besucht ward—dem sage einen Gruß von mir, und morgen will ich einen Brief nachschicken, der ihm deine Lage auseinandersetzt. Und so befehle ich dich einstweilen in den heiligen Schutz unsers Herrn Jesus und seiner gnadenreichen Mutter, und wenn dir's ums Herz ist, Andree, deine heimlichen Nöte auszuschütten, so weißt du, daß du mir schreiben kannst und jederzeit eine willige Fürsorge und Teilnahme bei mir finden wirst. Gott sei mit dir, mein Sohn!

Er gab ihm in sichtbarer Bewegung die Hand, die der Jüngling statt aller Antwort ehrfurchtsvoll an seine Lippen drückte. Dann ging er mit erleichtertem Herzen hinweg und zog die schwere Tür sacht hinter sich zu.

Aber so leise er den gewölbten Gang hinunterschritt—denn er scheute sich, obwohl er sonst keine Menschenfurcht kannte, dem alten Bauern zu begegnen—, unten horchten doch zwei klopfende Herzen auf seinen Tritt, eine schmale, blasse Hand öffnete die Tür einer Kammer, die neben der Küche lag, und ein zartes, frühgealtertes Gesicht spähte dem Lichtschein entgegen, der über die enge Steintreppe herunterfiel. Die Tante Anna war aufgewacht, da sie das Mädchen am Herde hantieren hörte, und hatte sie zu sich hereingerufen. Er will niemand sehen als den hochwürdigen Herrn, hatte die Rosine gesagt.—Mich wird er schon sehen müssen, war die leise, aber nachdrückliche Antwort gewesen. Und dann hatte sich die Tante mit Hilfe der Nichte in Eile angekleidet und, ohne weiter ein Wort zu sprechen, auf dem Lehnstuhl am Bett gewartet, bis der späte Gast die Stufen herabkäme. Sie hatten kein Licht in dem engen Gemach als den schwachen Schein des Mondes, der durch die kleinen Scheiben hereindrang. Das Kruzifix über dem

Bett, der Betschemel in der Ecke, das saubere Gerät, das an den Wänden herumstand, alles hatte eine wehmütige Heimlichkeit, wie sie eine alte Jungfer um ihr Tun und Wesen zu verbreiten pflegt, wenn sie mit allen Lebenshoffnungen abgeschlossen hat. Diese Kammer hatte manche Träne fallen sehen und manches heiße Gebet flüstern hören. Und die Rosine sah auch jetzt, daß sich die stillen Lippen der Tante bewegten, und wagte nicht, ihre andächtigen Gedanken zu stören.

Da erklang droben der Schritt; die Betende stand auf und trat in die
Tür. Andree! rief sie leise in den Flur hinaus.

Der Jüngling blieb unschlüssig an der Treppe stehen. Es trieb ihn, ohne Aufenthalt seine nächtliche Wanderung anzutreten, und doch konnte er nicht mit einem flüchtigen Gruß vorübereilen, zumal da er diese stillen, liebevollen Augen nie im Leben wiederzusehen dachte. Ihr seid wach, Pate, sagte er endlich. Ich bat die Rosine doch-Ich bin voll selbst aufgewacht, antwortete sie. Aber komm herein, Andree—und sie zog ihn in die Kammer? Und jetzt sage mir, was du vorhast, und was geschehen ist, daß du zu dieser Stunde hier heraufkommst. Bist du nicht auch Saltner unten am Küchelberg, und wie kommt's, daß du deinen Posten verlassen hast?

Sie hatte seine Hand gefaßt und diese Worte hastig an ihn hingesprochen, als wollte sie eine innere Angst zur Ruhe sprechen. Er sah trübsinnig zu Boden und überlegte, wie viel er ihr vertrauen sollte. Seit Jahren hatte er nicht mehr ein Wort mit ihr gewechselt, aber viel an sie gedacht und sehnlich gewünscht, sie einmal allein zu treffen und ihr recht von Herzen zu sagen, wie er an ihr hänge, und wie es ihm bitter sei, sie vermeiden zu sollen. Und jetzt fühlte er, wenn er sein heimliches Leiden irgend einem Menschen vertrauen könnte, so wäre es niemand als sie. Aber die Rosine stand am Fenster, und die Zeit drängte, und überdies —was sollte es helfen? Auch diese Heilige hatte keine Macht, ihm den Frieden wiederzugeben.

Pate, sagte er, der hochwürdige Herr wird Euch morgen alles erzählen, um was ich ans der Gegend fort muß. Ich war ein elender Mensch von Geburt an, ohne Vater und Mutter, ohne Glück und Stern. Es ist das beste, daß ich der Welt absterbe, ehe ich auch ein schlechter Mensch geworden bin. Und darum will ich in ein Kloster gehen, und es ist mir lieb, daß ich Euch noch vorher gesehen habe; denn ich habe allezeit eine große Liebe und Verehrung zu Euch gefühlt, und der Himmel weiß, es stünde wohl besser um mich, wenn ich Euch öfter hätte sehen und sprechen dürfen. Denn bei Euch ist mir allein auf der ganzen Welt friedfertig und stille zu Mut gewesen, und ich dank' Euch, Pate, daß Ihr mich damals, da ich ein hilfloses Kind war, aus der heiligen Taufe gehoben habt, und bitte, daß Ihr für mich beten wollt auch in Zukunft, damit sich der Herrgott meiner erbarme. Denn wahrlich, ich habe es nötig.

Damit drückte er ihre Hände und wollte mit einem Behüt' Euch Gott! aus der Kammer. Aber die Alte hielt ihn zurück und sagte: Ins Kloster? Und ich soll dich nimmer wiedersehen? Ich muß alles wissen, Andree. Geh hinaus, Rosine; hol ihm auch ein Glas Wein, er ist ganz blaß und kalt wie der Tod. Heilige Mutter Gottes, was ist geschehen?

Schickt die Rosine nicht weg, Pate, erwiderte er ängstlich, denn er fühlte, wenn er mit der Alten allein bliebe, würde sie ihm das innerste Herz auf die Zunge locken, so viel vermochte über ihn die sanfte Stimme und das große schmerzliche Auge. Seid mir nicht böse, fuhr er fort, aber Ihr könnt nichts ändern, und wenn ich denken müßte, daß ich auch Euch das Herz schwer gemacht hätte mit meiner

Trübsal, würde ich noch elender sein. Aber wenn Ihr mir was Liebes tun wollt, legt mir die Hand aufs Haupt und gebt mir Euren Segen mit, weil es ein Abschied ist für die Ewigkeit.

Er warf sich vor ihr auf die Knie, und sie tat, um was er sie gebeten hatte. Dann hob sie ihn auf, und wie sie ihm mit Tränen in das blasse Gesicht sah, hielt sie sich nicht zurück, zog ihn fest in ihre Arme und küßte ihn lange und heiß auf Mund und Augen, daß auch er wie ein Kind in Schluchzen ausbrach. Sie standen eine geraumie Weile in dieser inbrünstigen Trauer, und über der Wohltat, sich so zu halten und zu haben, vergaß die Alte ganz, was kommen sollte, und der Jüngling, was hinter ihm lag.

Pate, sagte er endlich, ich werd's nie vergessen, wie gut Ihr zu mir gewesen. Vergeßt auch Ihr mich nicht, und so sei's genug. Die Hähne krähen bald. Ich darf nicht weilen.

Andree, mein armes Kind! hauchte die Alte und sank in den Sessel zurück, als er über die Schwelle schritt. Plötzlich fuhr sie auf, ein Gedanke schoß ihr durch den Sinn, sie rief seinen Namen, als hätte sie ihm noch etwas mit auf den Weg zu geben; dann fiel ihr Blick auf das Kruzifix über dem Bett, sie stand still, wie plötzlich vor einer drohenden Gefahr zurückbebend, schüttelte traurig den Kopf und ging mit müden Schritten ans Fenster, um durch die Nacht zu spähen, ob sie seinen Weg verfolgen könnte. Ins Kloster! sprach sie vor sich hin. Barmherziger Gott, dein Wille geschehe!

Draußen unter der Haustür im Dunkeln stand die Rosine, die vorhin aus der Kammer geschlichen war. Andree, sagte sie, als der Bursch sich ihr näherte, du bist ja ohne Hut und in der Saltnerjacke. Ich habe dir ein Gewand von meinem Bruder geholt und einen alten Hut von ihm. Er ist in

Innsbruck und braucht's nimmer.

Der Jüngling griff hastig nach der Lodenjoppe und vertauschte sein
Lederwams dagegen. Ich dank' dir, Rosel, sagte er. Auch du bist gut,
du bist wie die Tante. Denk fein an mich, wenn ich fort bin. Die
Sachen da schick' ich bald einmal zurück.

Das Mädchen schwieg, bis sie ihre ausbrechenden Tränen wieder bezwungen hatte. Weiß es die Moidi? sagte sie endlich.

Nein. Du kannst es ihr sagen, Rosel. Grüß sie noch ein letztes Mal und dann — gute Nacht für immer, Rosel!

Und er schritt, ihre zitternde Hand flüchtig berührend, die Freitreppe an der Mauer hinunter, eilte über den düsteren Hof und verschwand in der lautlosen Nacht, die nun klar und abgekühlt über Bergen und Schluchten stand und einen heiteren Morgen ankündigte.

In aller Frühe sah man den Zehnuhrmesser eilfertig von Schloß Goyen heruntersteigen, die Rosine mit ihm, die der Tante Anna über das blutige Abenteuer der Nacht nähere Nachrichten und der Moidi den letzten Gruß des Entflohenen bringen sollte. Sie fanden unten in Meran keine geringe Aufregung, das Landvolk stand auf der Straße beisammen und wechselte feindselige Reden gegen die Soldaten, und Andrees Name war auf aller Lippen. Wo sich eine Uniform blicken ließ, wurde das Gespräch leiser, aber die Blicke wilder und die Fäuste drohend geballt.

Der kleine Mann des Friedens setzte seinen Weg mit wachsender Bekümmernis fort. Aber sein Gesicht heiterte sich wieder auf, als er bei den Kapuzinern hörte, daß der Welsche nicht tot sei, vielmehr nach stundenlanger Ohnmacht Augen und Lippen wieder geöffnet habe, und daß der Arzt alle Hoffnung gebe, ihn nächstens wieder marschfertig auf die Beine zu stellen. Auch der Bescheid, den er auf der Kommandantur erhielt, war befriedigend. Man war dort sehr geneigt, die Sache niederzuschlagen, falls der Flüchtling sich einstweilen im Kloster still verhalten oder gar Profeß tun würde. Eine schärfere Mannszucht sollte die Wiederkehr ähnlicher böser Händel verhüten. Der Spießgesell des Welschen saß im Arrest; der Bauer, dem das Weingut verwüstet war, sollte entschädigt werden. Und so ließ sich alles tröstlich und versöhnlich an, und der sorgenvolle Menschenfreund konnte der Tante Anna gute Zeitung schicken und zwei schöne und erbauliche Briefe ins Vintschgau hinauf entsenden, den einen an seinen Freund, den Prior, den andern an sein Beichtkind, dem er ernstlich ins Gewissen sprach, falls er sich mit schwerer Sünde belastet fühle, nicht zu säumen, sondern dem geistlichen Freunde seiner Jugend in einem umgehenden Schreiben offene Beichte abzulegen.

Ein solches Schreiben aber blieb nicht nur in nächster Zeit, sondern alle Wochen und Monate hindurch beharrlich aus. Vom Prior freilich lief bald darauf eine freundschaftliche Antwort ein, des Inhalts, daß der Andree Ingram richtig eingetroffen, auch bereits in die Laienkutte gesteckt sei, da er seinen Entschluß, im Kloster zu leben und zu sterben, auf die dringendste Art wiederholt ausgesprochen habe. Ein späterer Brief, erst um Weihnachten geschrieben, erwähnte nur kurz, daß sich der Noviz Andreas zu aller Zufriedenheit aufführte, schweigsam und bescheiden seinen Dienst tue und in den Stunden der Muße in den Klosterbüchern studiere, zu einem Schreiben an die Seinigen aber nicht zu bewegen sei. Von einem gebeichteten Geheimnis stand natürlich in dem geistlichen Briefe nichts zu lesen.

Über diese Zeitung schüttelte der kleine Hilfspriester nachdenklich den Kopf, die Tante Anna schloß sich einen ganzen Tag in ihre Kammer ein, um ungestört unter Fasten und Gebet das Seelenheil ihres Patenkindes dem Himmel zu empfehlen, Rosine ging mit geröteten Augen und abwesenden Gedanken im Hause herum, selbst die Mutter, die schwarze Moidi, verriet, daß sie eine menschliche Regung fühlte und sich im stillen über ihre Härte und Bosheit gegen den armen Ausgestoßenen anklagte. Nur die Schwester selbst, die doch am meisten an ihm verlor, schien am wenigsten um sein Schicksal bekümmert zu sein. Sie behauptete, es sei ihr zum Totlachen, wenn sie sich den Andree in der Kutte mit geschorener Platte vorstellen solle. Auch könne sie's nicht glauben, daß er wirklich im Kloster hause. Er habe gar keine geistliche Gemütsart, und das alles sei nur ausgedacht, um dem Militärgericht Sand in die Augen zu streuen. Er werde drohen im Vintschgau sitzen, Gemsen schießen und neuen Wein trinken, und eines schönen Tages wieder zum Vorschein kommen, ohne langen Kapuzinerbart und so weltlich, als er gegangen sei.

Der Weihnachtsbrief des Priors machte sie zuerst stutzig. Drei Tage lang ging sie herum, ohne zu lachen, und setzte sich endlich hin, dem Bruder einen Brief zu schreiben, der voller Possen war, aber zum Schluß die ernsthafte Mahnung enthielt, bald wiederzukommen, da sie es "sehr notwendig nach ihm habe". Sie zeigte den Brief der Rosine, mit der sie jetzt öfter zusammenkam; denn seit der Andree ins Kloster gegangen, hatte der Bauer auf Goyen nichts mehr einzuwenden gegen den Verkehr seiner Kinder mit dem einsamen Mädchen, das ihm ganz gleichgültig war. Rosine las den Brief stillschweigend und legte ihn wieder hin. Er war ihr lange nicht herzlich genug. Wenn er darauf nicht kommt, sagte die Moidi, so muß er einen Schatz haben, droben in den Vintschgerbergen.—Wo denkst du hin? erwiderte die andere. Der Bote von Algund hat ihn selbst in der Kutte gesehen.—Moidi wurde blaß. Wenn's wirklich wäre, ich grämte mich halbtot, sagte sie. Dann wäre niemand dran schuld als—die Mutter, wollte sie sagen; aber sie schwieg. Denn sie hörte die Alte im Nebenzimmer husten und stöhnen, da sie von einem jähen Fall auf dem Glatteis schwer daniederlag. Es waren böse Tage, und jede Nacht kam das Fieber und lockte wilde, wunderliche Reden aus ihr heraus, über denen ihr Kind glücklicherweise einzuschlafen pflegte. Der Zehnuhrmesser sprach fleißig vor, auch die Tante Anna stieg, da es sich auf das Frühjahr verschlimmerte, einige Male den Küchelberg hinauf. Dann ging ihr Neffe, der Hirzerfranz, der wieder von Innsbruck zurückgekehrt war, bis an die Tür des kleinen Hauses mit, und während sich die Alten drinnen besprachen, führte er in der üblichen Weise ansehnlicher junger Burschen einen nachlässigen Diskurs mit der blonden Moidi, die viel dabei zu lachen fand, obwohl alles von seiner Seite ganz ernstlich gemeint war. Moidi, sagte die Rosine eines Tages zu ihr, ist's wahr, daß du mit dem Franz im reinen bist? Er sagt's, und ich würde es ja gewiß wünschen, aber ich weiß nicht, ich kann es nicht glauben.—Warum nicht? sagte die Moidi trutzig und strich sich mit gleichgültiger Miene die Haare hinters Ohr. Einen muß ich doch einmal nehmen, und der Franz ist so gut wie ein anderer. Aber das letzte Wort ist noch nicht gesprochen, und du weißt, Rosel, ich kann nicht fort von der Mutter. Mir eilt's auch gar nicht, 's ist nur so langweilig auf der Welt, seit der Andree fort ist, und wenn der Franz kommt und mir was Neues erzählt, oder auch nur da auf die Bank hinsitzt und mich verliebt anschaut und sich dabei die Nasenspitze fast verbrennt mit dem Pfeifel, hab' ich doch dabei was zu lachen.

Die andere hörte das still mit an. Sie begriff nicht, wie einem die
Liebe so lustig vorkommen könne.

Darüber ward es Frühling, die Wiesen waren längst wieder grün, die Kastanienbäume trugen frische Sprossen, und die Passer rauschte mit so hohen Schneewassern unten am Damm vorbei, daß man den Lärm bis oben in dem kleinen Hause auf dem Küchelberge donnern hörte und die letzten Nächte der schwarzen Moidi auch für ihre arme Tochter schlaflos vergingen. Sie hatte dem Bruder nicht gemeldet, daß es mit der Mutter trübselig stehe. Sie wußte, er werde doch nicht kommen, und auch die Mutter bezeigte kein Verlangen, ihn vor ihrem Ende noch einmal zu sehen, obwohl sie seinen Namen in ihren Fieberträumen oft genug nannte. Ja, er war fast das letzte Wort, das von ihren Lippen kam, als sie in einer stürmischen Aprilnacht nach schwerem Kampfe verschied.

Ihrem Kinde graute, mit der Toten die einsame Wohnung zu teilen. Sie drückte ihr die Augen zu, betete ein paar Vaterunser und den englischen Gruß und schlich dann hinaus mit klopfendem Herzen in die gewitternde Frühlingsnacht. Da stand sie droben und sah in das weite Etschtal hinaus, wo über den hochgehenden Strömen das wetterleuchtende Nachtgewölk hinjagte, und fühlte sich so armselig und allein, daß sie in bitterliches Weinen ausbrach. Ein heftiger Zorn auf Andree überkam sie. Er konnte jetzt wohlgeborgen in seiner Klosterzelle sitzen und die hilflose Schwester, die niemand in der Welt lieber hatte als ihn, unter allen Schrecken und Nöten ihres jungen Lebens allein lassen! —Der Regen rauschte stärker herab, und der Wind strich kalt um die freien Berglehnen. Zitternd tappte das verwaiste Mädchen an den Wänden entlang bis in, den Schuppen, wo Andree als Knabe sein Lager gehabt hatte. Da in der Finsternis legte sie sich auf dieselbe Stelle, und wie sie daran dachte, mußte sie heftiger weinen und schlief endlich schluchzend, hungrig und in abergläubischem Grauen vor der Nähe der toten Mutter auf dem Maisstrohlager ein.

Aber sie verschlief mit dem Leichtsinn ihrer achtzehn Jahre alles, was sie quälte, und als sie spät am andern Morgen aufwachte, mußte sie sich erst besinnen, daß die Mutter wirklich gestorben war. Auch konnte sie, so gern sie es gewollt hätte, keine rechte Trauer erschwingen, nur ein unheimliches Gefühl hielt sie lange zurück, die Tür zu öffnen und das Haus wieder zu betreten. Sie fand aber drinnen den Zehnuhrmesser und ihre Freundin, die Rosine, und war froh, daß ihr alle weitere Sorge abgenommen wurde. Am Tage nach dem Begräbnis sonnte sie sich schon wieder auf der Bank vor dem Hause und lachte hell auf über ihre jungen Katzen, die sich mit einem Maiskolben auf dem Boden herumtummelten. Vierzehn Tage später saß sie im leichten Wägelchen neben der Rosel; der Franz auf dem Bock kutschierte; sie fuhren die Vintschgauerstraße hinauf, und wer ihnen begegnete, stand still, um dem schönen blonden Mädchen nachzusehen, das in Trauerkleidern dahinfuhr, aber die lustigsten Augen von der Welt in der grünen Frühlingslandschaft herumschweifen ließ.

Erst als sie das alte Kloster droben am Berg liegen sah, auf einem kahlen, dunklen Granitkegel, ringsum nur spärlicher Baumwuchs, und die Schlucht dahinter schon am frühen Nachmittag schwarz und schauerlich wie ein Tor der Hölle, wurde sie still und ernsthaft und sprach kein Wort mehr mit der Rosine, die nicht minder schweigsam zu dem schwalbenumflogenen Glockenturm emporsah. Ein armes Dorf lag unten am Fuß des Abhangs, nicht mehr mit edlen Kastanien, Weingärten und Feigenbäumen so lustig umwachsen wie die Dörfer um Meran. Auch das fiel der

Moidi aufs Herz. Sie war nie eine Tagereise weit von Hause
entfernt gewesen und hatte sich die Welt je weiter weg, je
herrlicher vorgestellt. Ganz blöde und traurig stieg sie vom
Wagen herab, als sie vor der Tür der unsäuberlichen
Dorfschenke hielten. Sie mochte nicht erst hinein, sondern
trieb die Rosine, sogleich mit ihr den Bergweg
hinaufzugehen, um den Bruder noch vor der Nacht zu
sprechen. Franz blieb bei den Pferden zurück. Er war dem
Andree schon früher lieber aus dem Wege gegangen, als daß
er ihn gesucht hätte.

So gingen die Mädchen allein, ihren gleichen, bequemen
Bauernschritt, sich an der Hand fassend, aber beide den
Kopf gesenkt und ohne ein Wort zu wechseln. Nur als sie
dem grauen alten Kloster so nahe gekommen waren, daß sie
das Gras sehen konnten, das auf dem Dache wuchs, stand
die Moidi plötzlich still, blickte wie ein furchtsames Kind die
kahlen Mauern an und sagte tief atmend: Möchtest du da
hausen, Rosel?—Ihre Freundin schüttelte nur den Kopf.—
Das Herz würde mir's abdrücken, fuhr die andere fort;
nichts Grünes herum, keine Weinrebe, kein Kornfeld. Du
wirst sehen, es ist nicht wahr, daß er den Winter über hier
gewesen ist. Wir finden ihn gar nicht. Wer weiß, wo er
steckt in der weiten Welt!

Auch darauf erwiderte die Rosine nichts. Sie wußte nur zu
gut, daß sie ihn finden würden, und fürchtete sich davor,
ohne recht zu wissen, warum. Als sie oben am Klostertor
die Glocke läuteten und den Bruder Pförtner nach dem
Andreas Ingram fragten, nickte der Alte und sah die
hübschen Kinder forschend an. Er soll herauskommen, warf
die Moidi rasch hin. Es sei ein Bote da von Meran. Aber sagt
ihm nicht, wer.

Sie setzten sich auf eine steinerne Bank neben der Pforte und
warteten. Es ist richtig, Rosel, er ist doch hier; wie er's nur

überstanden hat! sagte die Schwester. Sie strich sich mit den Händen über die Stirn, die ihr glühte, und machte sich an ihrem Anzug zu schaffen, um ihre Unruhe zu verbergen. Die Rosine saß still an die Mauer gelehnt, beide Hände im Schoß, die Augen zugedrückt, als blende sie das Abendrot drüben an den Berggipfeln.

Da klang die Pforte wieder, und mit einem Schrei: Andree, grüß dich Gott, ich bin's! stürzte die Moidi dem Heraustretenden an den Hals. In demselben Augenblick fuhr sie aber erschrocken zurück. Er war es und war es doch nicht mehr; der eine Winter schien ihn um zehn Jahre gealtert zu haben. Auch blieb er sprachlos vor ihr stehen und sah sie unverwandt mit finstern, angstvollen Augen an, als warte er, daß sie in den Boden versinken möchte wie ein Spukbild, oder er selber aus einem Traume erwachen. Sie hatte sich's wohl spaßhaft gedacht, ihn zu necken, wenn sie ihn wirklich in der Kutte sähe. Jetzt war ihr das Weinen näher als das Lachen.

Andree, sagte sie endlich, du schaust mich so wild an. Hab' ich's ungeschickt gemacht, daß ich selber gekommen bin? Da ist auch die Rosel; sagst du ihr nicht einmal "grüß Gott"? Der Franz hat uns gefahren; morgen wollen wir wieder heim, es ist so wüst und traurig hier herum, wie hast du's nur ausgehalten? Freilich, man sieht dir's auch an, ganz hager und blaß bist du worden, als hättst du schon einmal unterm Rasen gelegen. Aber es wird schon wieder werden, die Luft ist hier so herb, du mußt nun wieder nach Meran kommen, der Zehnuhrmesser will's auch dein Herrn Prior schreiben, das Jahr ist ja noch lang nicht um, und dann wohnst du in unserm Häusel droben, denn du weißt noch nicht, Andree, die Mutter ist tot.

Während sie sprach, hatte sich ihre Beklommenheit wieder gelöst und ihre Züge erheitert, daß es wunderlich war, wie sie das letzte, die Todesnachricht, fast mit lachendem Munde vorbrachte. Er schien sich ebenfalls gesammelt zu haben und sagte jetzt mit seinem alten Ton: Ich danke dir, Moidi, daß du selbst gekommen bist, und dir auch, Rosine. Aber daß die Mutter tot ist, ändert die Sache nicht, und heimkommen und wieder in Meran leben, daran ist kein Gedanke, eher daß ich noch weiter wegkomme, in ein Kloster drüben in Italien, oder gar nach Frankreich hinein. Denn du hast freilich recht, die Luft hier taugt mir nicht.

Er sah düster und scheu vor sich hin auf den grauen Felsboden.

Andree, fing sie wieder an, du darfst nicht so sprechen, wenn du mich nicht ganz traurig machen willst und böse dazu. Ich hab' gar keine Freud' gehabt ohne dich den ganzen Winter, und jetzt, sobald ich gekonnt hab', hab' ich alles im Stich gelassen und bin zu dir gereist, und nun sprichst du von Weggehen nach fremden Ländern, als wenn ich dich gar nichts anging'. Wenn ich so Reden von dir hör', könnt' ich fast denken, die Mutter hätt' recht gehabt, als sie im Fieber immer vor sich hin redete, du seist gar nicht ihr Kind, sie hätt' dich ja nur einer andern abgenommen, um mit einem sauberen Buben Staat zu machen, da sie selber so wüst war. Ja denk, davon konnte sie halbe Stunden lang reden, und wenn ich sehen muß, wie wenig du auf mich hältst, fang' ich wahrhaftig an zu fürchten, du wärst gar mein Bruder nicht, weil du so hartherzig zu mir sein kannst.

Er war unwillkürlich einen Schritt zurückgetreten und starrte sie mit weit aufgerissenen Augen an. Moidi! stammelte er mit schwerer Zunge, ist das wahr? Kannst du's beschwören, daß das wahrhaftig der Mutter Reden gewesen sind?

Sie suchte seine Hand zu ergreifen und wurde von neuem traurig, als er sie ihr hastig entzog. Er warf einen scheuen Blick auf Rosine, die vor dem Bänkchen stehen geblieben war, um die beiden erst allein sich unterreden zu lassen. Dann sah er wieder die Moidi mit einem Blicke an, der sie zittern machte. Rosel, sagte er jetzt, ich hab' mit der Moidi was zu sprechen, wir sind gleich wieder zurück.—Damit winkte er der Schwester, daß sie mit ihm gehen solle, schritt eilig um die Ecke der hohen Klostermauer und trat durch eine andere Tür in einen Krautgarten, wo nur drüben unter den Apfelbäumen ein dienender Bruder grub und pflanzte. Sein Wesen war plötzlich verwandelt, sein Gesicht glühte über und über, er schien wieder um zehn Jahre verjüngt und schritt rüstig aus, wie damals, als er unter den Weinlauben die Wacht hatte.

Jetzt, da sie allein in dein Gärtchen standen, wandte er sich zu ihr um. Moidi, sagte er mit zitternder Stimme, sag das alles noch einmal, was du von der Mutter gehört hast, alles, und so lieb dir deine Seligkeit ist, tu nichts davon, noch dazu; Tod und Leben hängen daran.

Er hatte jetzt ihre Hand ergriffen und drückte sie fieberhaft. Ich weiß nicht, wie wunderlich du redest, sagte sie gelassen. Was ist es denn, wenn sie es auch gesagt hat? Und gesagt hat sie's freilich, Wort für Wort und mehr als einmal. Aber du weißt ja, daß sie einen Haß auf dich hatte. Vielleicht hat sie's nur gesagt, damit du keinen Teil an der Erbschaft bekämst, weil sie mir alles allein gönnte. Vielleicht war's auch nur so ein Geschwätz, weil sie Reue hatte über das Böse, das sie dir ihr Lebtag angetan. Sie hat sich selber einreden wollen, du wärst ein fremdes Kind gewesen, weil sie dich nicht wie ihr eigenes gehalten hat. Was liegt aber daran?

Besinne dich, drängte er; hat sie nicht gesagt, wer ihr das

Kind übergeben hat? Ist kein andrer dabei gewesen, als sie's gesagt hat? War's immer im Fieber, oder auch wenn sie nachts aufgewacht ist und geglaubt hat, du schliefest, und sie sprach dann mit sich selbst, wie sie ja auch sonst getan hat, als der Vater noch lebte?

Wer dich zu ihr gebracht hat? Nein, davon hat sie nie geredet, erwiderte das Mädchen und suchte sich ernsthaft auf alles zurückzubesinnen. Aber wart, es fällt mir ein, daß der Zehnuhrmesser einmal an ihrem Bette gesessen ist, als sie grad' wieder so irre sprach, und da ist sie aufgefahren und hat ihre Kleider begehrt, sie wollte zum Herrn Dekan hinunter, zum Gericht, bis an den Kaiser wollte sie gehen, daß es überall ausgerufen würde, du seiest nicht ihr Sohn. Ich kam aus der Küche hereingelaufen, da sah ich, wie der hochwürdige Herr ganz erschrocken bei ihr stand und sie zurückhielt, und als er mich eintreten sah, hat er sich zu ihr niedergebeugt und ihr lange was ins Ohr gesagt, was ich nicht hab' verstehen können; darauf ist sie still geworden. Ob es im Fieber gewesen war oder sonst so in der Einbildung, was kann es dich kümmern, Andree? Und wenn's wirklich so wäre, mußt du mich darum nimmer liebhaben? Sind wir nicht doch wie Bruder und Schwester gewesen, seit wir denken können, und nun wär's auf einmal aus mit uns beiden? Schau, Andree, ich könnt' mich nit so ändern. Und wenn's der Kaiser selbst ausrufen ließe, wie's die Mutter gewollt hat, du bliebst doch allezeit mein Bruder, und das Häusel wär' dein und der Weinberg und alles. Zudem, ich werde doch nicht da wohnen bleiben. Denn du mußt nur wissen, ich hab' mich mit dem Hirzerfranz versprochen, und auf den Herbst halten wir Hochzeit, und ich wohne dann droben auf Goyen. Du bist doch nicht bös darüber, daß ich dich nicht erst gefragt hab'.

Sie wagte ihn nicht anzusehn, als sie das sagte, sie wußte

selbst nicht warum, aber es schien ihr in diesem Augenblick
wie eine schwere Sünde, daß sie dem Franz ihr Wort
gegeben, und sie hätt' es gern ungeschehen gemacht; denn
sie wußte ja, daß er mit ihrem Bruder nicht gut Freund war.
Sie stand zitternd und demütig wie ein Kind, das gescholten
zu werden erwartet. Doch als er immer noch schwieg,
wurde es ihr nur banger und trauriger ums Herz. Sie hätte
lieber gescholten sein wollen, und sich dann verteidigen
und ihn endlich wieder gut machen. Aber die tödliche Stille
zwischen ihnen war ihr schauerlich, und endlich traten ihr
die großen Tropfen in die Augen und rollten über das junge
Gesicht. Da brach er das Schweigen.

Moidi, sagte er, hast du's gern getan, oder haben sie dir so
lange zugeredet, ihn zu nehmen, bis du endlich ja gesagt
hast?

Sie sah schüchtern und immer noch weinend zu ihm auf
Ach Andree, sagte sie, verzeih mir's nur. Ich weiß selber
nicht, wie es gekommen ist. Sie haben mich nach Goyen
hinaufgeholt, als die Mutter tot war, und da hab' ich bei der
Rosel geschlafen und war wie 's Kind im Haus. Und die
Tante Anna hat auch gesagt, der Franz wär' ein braver
Bursch, und wenn ich ihn nähm', wär's für alle das beste,
zumal da er so unsinnig vernarrt tut, und du warst ja nicht
da, daß ich dich hätte fragen können.

Und wenn ich nein gesagt hätte, würdst du dich daruin
gegrämt haben? fragte er hastig.

Sie legte ihre Arme um seinen Hals und sah ihn mit
rührender Heiterkeit und Liebe an. Ich hab'ihn ja nicht so
lieb wie dich, sagte sie, und tu' lieber, was du mir sagst, als
was er von mir bittet. Nun ist es ein mal so gekommen,
Andree, und es gäb' eine neue Todfeindschaft, wenn ich jetzt
käm' und sagte: Ich mag ihn nicht. Sei nur wieder gut und

komm selber herüber, die Tante Anna läßt dich so vielmals schön grüßen und es verlangte sie sehr, daß du kämst, sie hätt' dir viel zu sagen, und ich mein', so heilig sie ist, wär' sie doch gar froh, wenn du die garstige Kutte wieder auszögst, in der du gar nimmer wie der schmucke Andree ausschaust, der du ehemals gewesen bist. Tu mir's zulieb', ich hab' doch keine Freud', wenn ich denken muß, du lebst hier so traurig, und wenn dir was zustößt, Krankheit oder so, bin ich nicht da, für dich zu sorgen. Versprich mir's, Andree, daß du wenigstens zur Hochzeit hinunterkommen willst und alles mit der Tante bereden.

Sie streichelte ihm bei diesen Worten zutraulich das Gesicht, und er duldete es mit eingedrückten Augen, während ein leises Zittern seines Mundes den inneren Kampf verriet. Kein Wort mehr jetzt! brach er endlich schweratmend heraus. Ich komme morgen früh ins Wirtshaus hinunter, dich noch einmal zu sehn. Dann sag' ich dir, was werden soll. Tu deine Hände weg von meinem Gesicht. Sei guten Muts, Moidi. Es wird alles werden, wie Gott will. Hab gute Nacht!

Er sah sie nicht mehr an, sondern entzog sich ihr rasch, ging durch den kleinen Garten den Klostergebäuden zu und verschwand in der Tür, ohne nur nach ihr umzublicken. Sie aber sah ihm nach in schweren Gedanken und dachte an die wenigen Worte, die er zu ihr gesagt, ob sie nicht erraten könne, wie er es meine, und was er vorhabe. Kopfschüttelnd und in großer Betrübnis verließ sie endlich den Garten und suchte die Rosel wieder auf, die in ängstlichem Kummer draußen gewartet hatte. Daß die Moidi allein kam, der Andree nicht einmal daran dachte, ihr eine gute Nacht mitzugeben, schnitt ihr durchs Herz.

Ich weiß nicht, was er hat, sagte die Blonde. Ich hab's wohl gewußt, ihm ist's nicht halb recht, daß ich den Franz nehme. Aber was soll ich machen? Morgen in der Früh will er hinunterkommen und mir Bescheid sagen. Er hat mich kaum angeschaut, und von Heimkehren will er nichts wissen. Wenn ich nur wüßt', warum ich mir's so annehmen muß? Ich könnt' ihn ja machen lassen und auch tun, was ich will, ohne ihn zu fragen. Aber ich bin's so gewohnt gewesen, solange ich denken kann, und er war immer gut zu mir. Ach, warum hat alles so kommen müssen!

In solchen fruchtlosen Reden stiegen sie miteinander den Berg hinab, und der Rest des Tages verging beklommen und einsilbig.

Der Franz war nie ein großer Redner gewesen, und was mit dem Andree geschehen würde, kümmerte ihn nicht im geringsten. Er rauchte und trank noch wohlgemut mit den wenigen Bauern in der Schenkstube, als die Mädchen schon lange in ihren Betten lagen.

Freilich schlief nur die eine, die Moidi. Rosine tat die ganze Nacht kein Auge zu.

Als der Tag noch lange nicht graute, hörte sie einen Schritt draußen über den Hof kommen und sich dem niedern Fenster ihrer Schlafkammer nähern. Die Hunde schlugen an, wurden aber sogleich beschwichtigt. Ihr klopfte das Herz, und sie sprang eilig aus dem Bett in banger Ahnung. Die Moidi schlief ruhig fort.

Die Schritte hielten richtig am Fenster still, und eine Hand pochte leise an die Scheiben. Moidi! rief die wohlbekannte Stimme.

Ich bin wach, Andree, erwiderte das Mädchen verstohlen; die Moidi schläft noch. Soll ich sie wecken?

Tu's, Rosel. Sie soll sich fertig anziehen und geschwind machen; ich hab' ihr noch viel zu sagen, eh' ihr heimfahrt.

Eine Viertelstunde verging, dann öffnete sich leise die
hintere Tür
der Schenke, und die Moidi trat heraus, das Gesicht
zwischen
Verschlafenheit, Neugier und Furcht gegen den Bruder
gewendet. Guten
Tag, sagte sie. Du kommst aber früh. Wenn du nur Gutes
bringst,
Andree, wird's mich schon munter machen.

Tu deinen Mantel um, sagte er statt aller Antwort. Es ist
frisch, und du bist die Luft hier nicht gewohnt. Wir wollen
ein paar Schritte weit gehen.

Sie gehorchte willig und trat lachend in der winterlichen
Vermummung wieder zu ihm hinaus. Das Schweigen
ringsum, der fremde Ort, die nächtliche Öde über den
Bergen, der Bruder ihr gegenüber in der Kapuzinerkutte,
alles kam ihr abenteuerlich vor und weckte ihre alte
Lachlust. Sie zog einen Zipfel des faltigen Mantels über den
Kopf. Jetzt bin ich deine Kapuzinerin, sagte sie und nickte
ihm mutwillig zu. Er faßte ihre Hand und ging schweigend
mit ihr durch den Hof.

Die Pferde im Stalle rührten sich, das Federvieh sträubte die
Flügel, ein junger Hahn krähte voreilig den Morgen an. Die
Menschen aber in den niedrigen Hütten schliefen noch, bis
auf eine arme junge Seele, die in Schmerzen durch das trübe
Fenster in den Hof starrte und sich mit schweren Seufzern,
glühend und fröstelnd wieder zu Bett legte, um den Tag
heranzuwachen.

Die Sonne stand aber schon hoch, und noch waren die
Geschwister nicht zurück. Der Hirzerfranz saß mit
gerunzelter Stirn im Schenkzimmer hinter der Flasche, lief
alle Augenblicke auf die Straße hinaus, ob von seiner Braut

noch immer nichts zu erspähen sei, und schirrte endlich die Pferde wieder ab, mit drohenden Flüchen gegen den Andree. Die Rosel sprach kein Wort, es war ihr zum Sterben traurig ums Herz; es mochte nun geschehen, was da wollte, für sie war es mit aller Freude und Hoffnung vorbei.

Endlich gegen zehn Uhr brachte einer der Klosterbrüder einen Brief, den Andree schon in der Nacht an die Rosel geschrieben, drin stand, daß er einen Bußgang zu einem Gnadenbilde gelobt habe, für die Seele seiner Mutter zu beten. Er denke wohl, die Moidi werde ihn begleiten, sie sollten daher ihre Zurückkunft nicht abwarten, sondern nach Haus fahren. Seinerzeit werde sie schon wieder in Meran eintreffen.

Als der Franz den Brief gelesen hatte, schlug er mit der Faust auf den Tisch, daß die Gläser klirrten, und wollte im ersten Jähzorn auf und davon und dem Andree nachsetzen. Da aber die Kirche, zu der sich der Büßer verlobt, nicht in dem Brief angezeigt war, auch der Kapuziner nichts anderes wußte, als daß der Prior dem Bruder Andreas Urlaub gegeben habe, mußte der Grimm und Haß des Burschen sich auf eine spätere Gelegenheit vertrösten und einstweilen an den Rückzug denken.

Es war eine harte Reise für die arme Rosine, neben dem zornmütigen Bruder, der immer von neuem gegen den heimtückischen Verführer loswütete und sich hoch verschwor, wenn die Moidi erst seine Frau sei, dem Andree die Tür zu verschließen, wie es auch sein Vater all die Jahre her gehalten habe. Er habe gleich Einspruch getan gegen die dumme Reise zu dem nichtsnutzigen Findling, da er ja nicht einmal sein rechter Schwager werden würde. Aber die Weiber hätten sich's in den Kopf gesetzt, die Tante Anna an der Spitze. Ein Narr sei er gewesen, daß er nachgegeben habe. Aber die Moidi würde es noch zu hören bekommen, und der Tante schenk' er es auch nicht. Vor allem aber sei sie, die Rosine, daran schuld; sie hätte schon am Morgen nicht leiden dürfen, daß er mit der Moidi abzog—und dann eine Flut von brüderlichen Scheltreden, die freilich der Schwester nicht tief gingen. Denn ein viel härterer Kummer hatte ihre Seele gepanzert.

Der Sommer kam, die Reben am Küchelberg hatten längst abgeblüht, und die Weinbeeren schwollen und röteten sich, die erste Feigenernte war vorüber, und noch immer blieben die beiden Wallfahrer aus. Als auch die Weinlese verging und keine Spur der Entflohenen irgendwo zu Tage kam, gab es wenige, die noch geglaubt hätten, sie würden überhaupt jemals wieder auftauchen. Da niemand so recht sich vorstellen konnte, was den Andree in die Welt hinausgelockt habe, auch die meisten an seinem Tun und Lassen nur geringen Anteil genommen hatten, war bald von dem Schicksal der Geschwister nicht mehr die Rede. Anfangs freilich hatte man viel darüber hin und her gerätselt. Denn das befremdlichste war nicht die vorgespiegelte Wallfahrt, da die Tiroler ein bußwanderungslustiges Völkchen sind, sondern daß eine Stunde über das Kloster hinaus jede Spur der beiden jungen Leute wie weggeblasen war. Der Ziegenhirt des Dorfes hatte sie noch gesehen, wie sie langsam und in eifrigem Gespräch einen Saumpfad die Höhen hinangingen. Das Paar war auffallend genug, der blasse junge Novize mit dem ernsthaften Gesicht und das schöne blonde Mädchen im Bauernmantel an seiner Seite. Und doch als nach einigen Wochen auf des Zehnuhrmessers Andringen in den nächsten Gebirgsdörfern nachgeforscht wurde, wohin die zwei ihre Schritte gelenkt hätten, entsann sich kein Schankwirt und kein Bauer, daß ein solches Paar an seine Tür geklopft habe. Die Hilfe der Landpolizei wurde in Anspruch genommen, mit nicht besserem Erfolg. Die Geschwister blieben verschwunden, als hätte sich der Berg gespalten, um sie für immer in seinen geheimen Kammern dem Blick der Menschen zu entziehen.

Als diese wundersamen Nachrichten von dem kleinen Hilfspriester auf Schloß Goyen hinaufgetragen wurden, erregten sie einen Aufruhr der verschiedensten Leidenschaften. Nur der alte Hirzer trank ruhig seinen Wein aus und sagte, es sei ihm lieb, daß er nun hoffentlich von der ganzen Ingrams-Sippschaft sein Lebtag kein Wort mehr hören werde. Wenn das leichtsinnige Ding, die Moidi, sich je unterstünde, wieder über seine Schwelle zu treten, so solle sie ihn kennenlernen—und ein Fluch dazu, mit dem er sonst in der Nähe des Zehnuhrmessers sich nicht gern versündigte. Dem Sohn befahl er gleich morgenden Tags sich aufzumachen und um eine reiche junge Witwe in der Nachbarschaft zu freien, deren Güter ihm gerade bequem lagen. Franz nahm die Sache nicht so kaltblütig auf Die Moidi hatte es ihm wirklich angetan; sie war der einzige Gedanke, der seine träge Natur jemals in Flammen gebracht hatte. Also ließ er den Befehl des Vaters einstweilen auf sich beruhen und lüftete seinen Grimm auf alle erdenkliche Art, so daß die Seinigen viel Not mit ihm hatten. Die Tante Anna verschwand auf mehrere Tage in ihrer Kammer, legte Trauerkleider an, denn es stand ihr fest, daß die beiden verunglückt seien, wo sie nicht gar Hand an sich selbst gelegt hätten, und so weinte sie Tag und Nacht und wollte niemand sehen als den hochwürdigen Herrn und die Rosine. Mit dieser stillen Dulderin saß sie schlaflose Nächte hindurch am Herde, einen Rosenkranz zwischen den blassen Fingern, halb im Gebet, halb im Gespräch die Stunden hinbringend. Das Mädchen allein blieb steif und fest dabei, daß die beiden noch am Leben seien, und suchte es der Tante immer wieder glaubhaft zu machen. Daß sie freilich je wiederkommen würden, hatte sie seit dem Abschied im Vintschgau keinen Augenblick mehr geglaubt.

Am gelassensten blieb trotz seiner alten seelsorgenden Freundschaft der kleine geistliche Herr. Ja, es schien förmlich, als wäre ihm durch diese Selbstverbannung seines Zöglings eine Last vom Herzen genommen. Er sprach noch immer fleißig vor auf Goyen, hörte jeden nach seiner verschiedenen Gemütsart mit Wohlwollen an, sprach überall zum Guten und wußte das Gespräch bald auf die heurige Lese und die Hoffnungen auf einen ausgesucht edlen Jahrgang zu lenken, ein Gegenstand, den er mit tiefster Wissenschaft ergründet hatte und selbst den theologischen Erörterungen mit der Tante Anna entschieden vorzog.

Und so war es hoher November geworden, das leere Haus oben auf dem Küchelberg stand winterlich zwischen den kahlen Rebengärten, unten in der Stadt Meran wogte das geschäftige Treiben eines der jährlichen Schlacht- und Viehmärkte durch die engen Gassen, das Samstagsgeläut war verhallt, und der Zehnuhrmesser, der den Abend nicht mehr auszugehen dachte, hatte seine alte Geige von der Wand genommen, um in der Dämmerung noch ein Stück vor sich hin zu phantasieren, ehe die Magd mit dem Nachtessen ihm das Licht heraufbrachte. Der Kater lag behaglich schnurrend im Lehnstuhl, ein erstes Feuerchen knisterte im Ofen, da die Nacht kühl zu werden versprach, vom Fenster her, wo ein paar schöne Geraniumtöpfe standen, kam ein süßer Duft, den die feine Nase des geistlichen Herrn behaglich einsog, und während er in den glücklichsten Flageolettönen alle Waldvögel auf seiner Geige überbot und taktmäßig zwischen seinen niedrigen vier Wänden auf und ab schritt, hatte er so seine gottwohlgefälligen Gedanken, wie ihm doch eigentlich zur vollkommenen Glückseligkeit nichts Wesentliches mangle, zumal da ihm einer seiner Amtsbrüder drunten in Sankt Valentin eine Probe des kostbaren Roten heraufgeschickt hatte, den die frommen Brüder in ihrem sonnigen Tal am

Fuß des Ifinger ziehen, und der heute abend sein
bescheidenes Mahl verherrlichen sollte.

Da klopfte es an seiner Tür, und in der Meinung, es sei eben
nur die Magd mit dem Gast von Sankt Valentin, rief er
"Herein!", ohne sein Spiel zu unterbrechen. Aber der Bogen
fiel ihm fast aus der Hand, als die Tür aufging und wie ein
Schatten aus einer andern Welt die Gestalt des verschollenen
Andree vor ihm stand.

Erschrecken Sie nicht, Hochwürden, ich bin's, sagte der Jüngling, indem er vollends hereintrat. Da sehen Sie, der Kater kennt mich wieder, der würde wohl das Fell sträuben, wenn ich nur ein Spuk wäre. Ich hätte mich angemeldet, aber von wo wir kommen, gibt's halt keine Briefpost.

Er beugte sich zu dem schmeichelnden Tier herab, um seine Bewegung zu verbergen. Es war eine Weichheit und Sanftmut in seinem Wesen, die ihn ganz verwandelt erscheinen ließen.

Der geistliche Herr war mitten im Zimmer stehen geblieben; es überlief ihn kalt und heiß. Alles, was er in der ersten Bestürzung sagen konnte, war: Und die Moidi?

Sie ist auch hier, Sie sollen alles wissen, denn ich habe niemand als Sie, und wenn Sie mir nicht raten können, bin ich ein elender Mensch in dieser und in jener Welt.

Indem hörten sie die Schritte der Magd auf der Treppe, und während die Alte, die den Andree mit nicht geringerem Schrecken, aber freudiger, wiedererkannte, den Tisch zum Nachtmahl rüstete, die Kerze hinstellte und ihrer Überraschung in wunderlichen Ausrufungen Luft machte, hatten die beiden Männer Zeit, sich zu sammeln und auf das Gespräch, das nun folgen sollte, im stillen vorzubereiten. Die Magd ging zögernd wieder hinaus. Sie hätte gern auf hundert Fragen Bescheid gehabt. Indessen fürchtete sie sich vor der ungewöhnlich feierlichen Miene ihres hochwürdigen Herrn, der hinter dem Tische Platz genommen hatte, sich öfters die Stirn mit dem bunten Taschentuch trocknete und stumm das erste Glas des roten Valtiners einschenkte, aber ohne es mit dem gewohnten Kennerzug an die Lippen zu führen. Denn seine Zunge war bitter von dem Vorgeschmack vieler unliebsamer Worte, die nun in der nächsten Zeit gesprochen werden mußten.

Andree aber brach das Schweigen und sagte: Sie verzeihen wohl, hochwürdiger Herr, wenn ich mich setzen muß. Aber wir sind heut vierzehn Stunden über die Berge gewandert, und dazu die Angst und Not mit dem armen Weib, und Hunger und Kummer, — die Knie wollen mich nimmer tragen. Wenn Sie wüßten, Hochwürden, was wir ausgestanden haben, so sähen Sie wohl nicht so strenge von nur weg, denn Sie sind allezeit ein barmherziger Herr gewesen und haben keinen reuigen Sünder ohne Trost und Stärkung von sich gelassen.

Der kleine Seelsorger schien von diesen demütigen Worten getroffen zu werden. Er hob das Glas, ließ es erst gegen die Kerze in seiner roten Glut spielen, trank einen bedächtigen Schluck, und reichte es dann seinem Zögling, dem er jetzt zum erstenmal gerade ins Gesicht zu sehen wagte. Trink einmal, Andree, sagte er; du wirst's brauchen können. 's ist Valentiner aus den besten Lagen, kaum vier Wochen von der Kelter weg, ich hab' ihn heut erst bekommen.

Andree nahm das Glas, trank es mit einer ehrerbietigen Verbeugung gegen den geistlichen Herrn auf einen Zug aus und sagte, indem er es wieder über den Tisch reichte: Ich dank' Ihnen, Hochwürden. Aber was ich fragen wollte, und worauf Sie mir vor Gottes Angesicht antworten müssen: Bin ich der Maria Ingram—Gott hab' sie selig!—ihr Sohn, oder bin ich's nicht?

Damit war er wieder aufgestanden, trotz seiner Erschöpfung litt es ihn nicht in der Ruhe, er stemmte die geballten Fäuste beide auf einen Teller, der vor ihm stand, und heftete den traurigen Blick gespannt auf das Gesicht seines geistlichen Freundes, der in nicht geringer Unruhe auf seinem Armsessel hin und her rückte.

Mein Sohn, sagte er jetzt, wenn du mir versprechen willst, keine weiteren Fragen zu tun, will ich die eine dir beantworten: Deine Mutter hat nur ein Kind zur Welt gebracht, die Moidi. Nun du das weißt, gib dich über alles andere zufrieden; denn mehr zu sagen, verbietet mir mein kirchlicher Gehorsam, und würde dir auch zu nichts frommen.

Die Spannung auf dem Gesicht des jungen Mannes ließ plötzlich nach, und die Züge wurden nur kummervoll und hoffnungslos. Ich dank' Ihnen, sagte er, aber es hilft mir nicht viel, denn das hab' ich schon gewußt. Auch wenn mir's niemand gesagt hätt', meine Mutter könnt's nicht gewesen sein. Und ich würde mich auch damit zufriedengeben, denn am Ende, wenn meine Eltern ohne mich fertig werden können, muß ich mich wohl auch ohne sie behelfen lernen, und hab's schon lange genug getan. Aber das arme Weib, Hochwürden, das Tag und Nacht keine Ruh' hat, weil sie meint, es wär' alles nur gelogen von der Mutter, weil sie mich zu sehr gehaßt hat, und von mir, weil ich meine Schwester zu lieb gehabt hätte—nein, Hochwürden, da hilft nichts als Brief und Siegel, sonst fürcht' ich, sie macht's nimmer lang, denn es ist gar erbärmlich, wie sie sich's zu Gemüte gezogen, und Sie wissen wohl, sie hat eine schwache Stelle irgendwo in ihrem Kopf, mit der nichts anzufangen ist.

Er setzte sich wieder mit dem Ausdruck tiefer Ermüdung. Der Hilfspriester aß und trank mechanisch, mehr um seine Verwirrung zu verbergen, als weil ihn die Speisen gelockt hätten, von denen er keinen Bissen schmeckte. Erzähl erst, sagte er, wie's so weit gekommen ist. Hernach wollen wir dann schauen, was sich noch gutmachen läßt. Wo hast du die Monate her gesteckt, daß kein Hahn nach dir krähen konnte?

Nicht in der Kutte, hochwürdiger Herr, sagte der Bursch, und seine Züge heiterten sich in der Erinnerung an gefährliche und listige Abenteuer ein wenig auf. Sehen Sie, fuhr er fort, als mir die Moidi zuerst sagte, ihre Mutter habe mich als einen Findling oder Gott weiß woher von der Alm mit heruntergebracht, da war mir's, als käme ich plötzlich aus glühenden Ketten und Banden los, die ich allezeit mit mir geschleppt hatte, und die auch im Kloster droben nicht von mir abfallen wollten. Denn nicht einmal in der heiligen Beicht' hat mir's über die Zunge gewollt, was ich die letzten Jahre her von wegen der Moidi ausgestanden hab', und daß ich's nicht überleben würde, wenn ein anderer sie heimführte. Und das wußt' ich ja wohl, daß es eine Todsünde war, wenn ich wirklich der Sohn ihrer Mutter gewesen wäre; und doch konnt' ich's nicht von mir abtun, denn es war stärker als mein bißchen Verstand und Religion und alles, was ich von Ihnen gelernt und in den heiligen Büchern gelesen hatte. Als ich's aber mit Händen greifen konnte, daß ich mich die langen Jahre unnütz abgehärmt hatte und gar nichts Sündhaftes dabei sei, wenn ich das Mädchen lieber als mein Leben hätte, da bin ich plötzlich ganz lustig in mir geworden und hab' mir sogleich vorgesetzt, mein müßt sie werden, und wenn der Kaiser selbst uns wollt' auseinanderreißen lassen. Denselben Abend aber hab' ich mir noch nichts merken lassen, nur wie ich in meiner Zellen gesessen bin, da hätt' ich singen und jauchzen mögen so laut, daß man's bis nach Meran hinunter hätte hören sollen. Ich hab' aber allerhand Sachen herzurichten gehabt, auch den Brief geschrieben an die Rosine, und so ist die Nacht auch endlich herumgegangen. Und dann, da es noch kaum dämmerig war, stand ich schon unten und holte das arme Ding ab, das keine Ahnung hatte, was werden sollte. Ich tat auch zu Anfang ganz vernünftig, bis wir ein paar Stunden weit weg waren, redete immer von der Wallfahrt, und sie war nicht böse drüber, daß ich sie mit mir nahm. Denn sie hätte gern noch ein Stück weiter in die Welt hineingeschaut. Als wir aber hoch oben zwischen den Bergen waren und sie immer neugieriger fragte, wo's denn hinginge, ließ ich sie ein wenig niedersitzen ins Moos, trat hinter einen Felsen und kam gleich darauf wieder hervor, aber nicht mehr als Kapuziner, sondern in der Jacke und Hosen und allem, wie ich's getragen hatte in der Nacht, als ich von Goyen wegfloh; denn die Sachen, die dem Franz gehörten, hatte ich noch immer nicht wieder zurückgeschickt. Da lachte sie erst über die Maßen und sagte, ich gefiele ihr viel besser so als in dem langen Klosterrock, und wir aßen zusammen auf, was ich heimlich mitgenommen hatte. Dann aber wurde sie auf einmal still, und ich mußte ihr wohl ganz besonders vorkommen, denn sie nahm mich scharf ins Gebet, und als ich endlich in meiner Herzensfreude damit herausplatzte, ich würde nimmermehr in die Kutte zurückkriechen, auch gar nicht wallfahrten gehen, sondern sie als mein Weib in die weite Welt entführen, erschrak sie gewaltig und fing heftig an zu weinen. Ich aber gab ihr die besten Worte und blieb ganz ruhig, damit sie nur nicht wieder einen Anfall bekäme von ihren alten Krämpfen; und so, während ihr die Tränen immer langsamer flossen, setzte ich ihr auseinander, daß es gar nicht anginge, erst wieder nach Meran zu gehen und bei Pontius und Pilatus anzufragen, ob sie auch nichts dagegen hätten. Das gäbe einen noch viel größeren Lärm, als wenn wir gar nicht wiederkämen, und wenn wir endlich doch einmal Heimweh nach unserm Häusel erleiden sollten und kämen in Meran wieder zum Vorschein als Mann und Frau, so müßten's eben alle hinnehmen, wie's wäre. Sie sollt' nur einmal an den alten Hirzer denken und den Franz, wie die aufbegehren würden, wenn ich plötzlich vor sie hinträte und sagte: Die Moidi ist mein, und ich geb' sie nimmer heraus. Und die Tante Anna und der Herr Dekan und die ganze Stadt, die uns so lang' als Bruder und Schwester gekannt hatten, und das Geschrei und Geschreibe beim Amt und allen Teufeln! Und zuletzt spielt' ich den besten Trumpf aus und sagte: Wenn ihr freilich der Franz lieber wäre als ich, so möcht' sie's nur dreist sagen, es wär' noch nicht zu spät, umzukehren und dann Abschied zu nehmen auf Nimmerwiedersehen.

Da hielt sie's nicht länger aus und fiel mir uni den Hals und rief unter Lachen und Weinen, daß sie keinen andern Willen hätte als den meinigen, und hernach half sie mir selbst große Steine über die Kutte wälzen, daß niemand sie finden und unsern Weg darnach aufspüren sollte. Und denselben Tag sind wir noch viele Stunden weit gewandert, seelenvergnügt und immer in der Einsamkeit, und haben manchmal zurückgeschaut nach der Gegend, wo Meran liegen mußte, und über den Franz unsere Schadenfreude gehabt, der nun ohne Braut nach Hause fahren und den Spott aller Leute erdulden mußte. Ich hab' auch wohl an Sie gedacht, Hochwürden, daß Sie mir's übelnehmen könnten, und an meine Pate und die Rosel, die es immer gut mit mir gemeint haben. Aber das hielt nicht lange vor. Denn wenn ich die Moidi neben mir ansah, die ich nun herzen und küssen durfte, soviel ich wollte, und die geduldig dazu stillhielt—nun, Sie können das freilich nicht wissen, Hochwürden, wie's einem ist, wenn er mit seinem Schatz so mutterseelenallein unter freiem Himmel hinwandert; aber wenn Sie es auch einmal so gut gehabt hätten, zumal nach so langer Not, würden Sie uns beiden die Sünde nicht so schwer anrechnen, sondern uns das bißchen Glück wohl gönnen, das so nicht lange gedauert hat.-Er verstummte wieder und sah traurig vor sich hin. Der Hilfspriester schob den Teller zurück, seufzte einmal recht von Herzen auf und schenkte das Glas wieder voll, um es seinem Beichtkind hinzureichen. Der Bursch trank, seufzte dann ebenfalls und fuhr in seiner stillen, eintönigen Weise fort:

Die erste Nacht haben wir auf einer Alm geschlafen, wo uns der Senner zu essen gab, auch nicht weiter fragte, wer wir wären; denn wie es zwischen uns stand, mochte er leicht erraten. Er hat uns auch am andern Morgen versprochen, keiner Menschenseele zu sagen, daß er uns in seiner Hütte beherbergt habe, und so gingen wir guten Muts weiter im Hochgebirg und waren noch glückseliger und verliebter als den Tag vorher. Die Gegend war mir ganz fremd, ich wußte aber, wenn wir immer gegen Westen zu wanderten, kämen wir zuletzt in die Schweiz, und weil sie da Freiheit haben, zu leben, wie sie wollen, und keine Polizei, dacht' ich einstweilen da zu bleiben, hatte auch keine Furcht, daß sie uns an der Grenze um unsern Paß fragen würden; denn wo wir gingen, hoch unter der Schneide der Berge hin, von Sennhütte zu Sennhütte, ist's den Herren Landjägern zu abschüssig, und wir sind auch kein einzig Mal angehalten worden. Nun muß ich aber noch sagen, daß wir an jenem zweiten Tag an eine Stelle kamen, wo ein steiler Grat mitten aus den Wiesen aufsteigt, weit höher als die Muttspitz oder der Ifinger. Da redete ich der Moidi zu, hinaufzuklettern und von da oben in die Welt hinauszuschauen. Ich hatte aber eine Absicht dabei; denn um die Ferner und Schneefelder war mir's gar nicht zu tun. Auf der Spitze nämlich stand ein Kreuz, und hing auch der Herr Christus daran, ein grobes Schnitzwerk, wie's einmal ein Senner mit dem Brotmesser zustande gebracht haben mochte. Mir aber war's gut genug. Denn als wir droben waren und die Moidi still und zufrieden um sich schaute, nehm' ich sie sacht bei der Hand und knie mit ihr vor dem Kreuz hin. Zuerst beten wir miteinander, hernach wollte sie aufstehen. Ich aber sag': Bleib noch knien, Moidi; 's ist noch nicht zu Ende. Und da fang' ich an und sage auf Lateinisch alles her, was notwendig ist, um eine richtige Ehe zu schließen, und hernach zieh' ich ihren silbernen Ring vom Finger und geb' ihr den meinigen dafür und lege meine Hand auf ihren Kopf und ihre auf meinen, während ich den Segen spreche; ich dacht' eben, man muß sich zu helfen wissen, und wie's eine Nottaufe gibt, mag's ja auch einmal eine Nottrauung geben, nichts für ungut, Hochwürden, und späterhin könnt's immer noch ordentlich und richtig gemacht werden. Sie mochte das auch bei sich denken, denn sie ließ mich machen, was ich wollte, und kniete andächtig vor dem Kreuz. Wie ich nun mit meinem Latein zu Ende war, küßte ich sie von Herzen und sagte: Nun bin ich dein Mann und du bist mein Weib, und nur der Tod soll uns scheiden!—Sie nickte, und das Herz lachte ihr aus den Augen, und darauf standen wir von den Knien auf und blieben noch eine Weile droben stehen, und es war uns wundervoll zu Mut in der großen Stille und Heimlichkeit, wie wir da mitsammen an die hundert Meilen weit auf Länder, Städte und Flüsse hinuntersahen, und niemand war bei uns als unser Herrgott, vor dessen Angesicht wir uns eben Treue bis in den Tod gelobt hatten.

Sie kennen ja die Moidi, Hochwürden, und daß sie lieber lacht als weint, auch für ihr Alter noch immer zu viel Kinderpossen im Kopf hatte. Aber an unserm ganzen Hochzeitstag haben wir gar nicht gelacht, auch nicht viel geredet miteinander, sondern sind so feierlich, als wenn das ganze Gebirg nur eine große Kirche wäre, in der schönen Sonne hingewandert, nur daß die Moidi im Gehen Blumen pflückte und mir einen hochzeitlichen Strauß an die Jacke steckte, sich selbst aber ein Kränzel band und an den Arm hing. Geld hatten wir auch noch und konnten in der nächsten Hütte uns auftragen lassen, was der Senner nur hergeben wollte. So war's eine ganz lustige Hochzeit, und weder sie noch ich dachten mehr daran, was dahinter lag und was noch kommen sollte.

Das fiel uns alles zuerst wieder ein, als unser Geld auf die

Neige gegangen war; es mocht' eine Woche inzwischen verstrichen sein, und von der Schweiz waren wir noch weit, da wir keine Straße einhielten, sondern gingen, wo es uns lustig schien. Am ersten Abend, als wir uns mit leeren Taschen nach einem Nachtlager umsahen und wollten eben in einen Heustadel kriechen, fiel mir ein großer Einödhof in die Augen, und ich dacht': Da versuchst noch einmal dein Heil. Wir fanden da auch richtig ein Unterkommen, aber aus der einen Nacht wurde ein halbes Jahr. Denn der Hof gehörte einer Witfrau zu, die dort mit ein paar Knechten und Mägden hauste, und den Oberknecht hatte sie eben heiraten wollen, da hatte er sich beim Holzmachen verfallen, und die Bäuerin trauerte um ihn wie um ihren ersten Mann. Als ich ihr nun erzählte, ich hätte flüchtig gehen müssen, weil ich einen Welschen erschlagen, und meine Schwester da —denn dafür gab ich sie aus, weil die Bäuerin sich mit Eheleuten wohl nicht beladen hätte—die Moidi also hätte mich nicht allein ziehen lassen wollen, und nun seien wir ohne einen Kreuzer, da bot sie mir an, bei ihr in. Dienst zu treten, und für meine Schwester gebe es auch Arbeit. Das waren wir natürlich zufrieden, und nur die Moidi machte mir hernach Vorwürfe, daß ich sie nicht für mein Weib anerkannt' hätt', und ich hatte Mühe, sie wieder zu versöhnen. Also blieben wir, und der Sommer verging, und wir hatten über nichts zu klagen. Denn daß die Bäuerin ein Auge auf mich geworfen hatte, wie ich nach und nach merkte, und mich zum Oberknecht machte, um mich hernach wohl auch noch weiter zu befördern, konnte ich mir ja ruhig gefallen lassen und zur rechten Zeit noch immer nein sagen. Aber auf einmal wurde es mit der Moidi so traurig, daß ich Tag und Nacht keine Ruhe mehr hatte. Es war vor etwa einer Woche, da mähte ich auf der obersten Wiese und sehe plötzlich mein Weib heraufkommen, mit einem ganz verwilderten Gesicht. Und wie sie droben ist, fällt sie vor mir nieder und beschwört mich mit

aufgehobenen Händen, ich sollt' sie umbringen aus Gnad'
und Barmherzigkeit, sie könne nicht leben mit der Sünde
auf dem Gewissen, sie trage ein Kind unterm Herzen, und
diese Nacht sei ihre Mutter ihr im Traum erschienen und
habe ihr zugeraunt: Der Andree ist doch mein Sohn, und
dein und sein Kind wird verflucht sein in alle Ewigkeit.

Sie können sich nun denken, Hochwürden, wie ich
erschrocken bin; denn da sie steif und fest dabei blieb, ist
mir's selber zuletzt ganz angst und bange worden, weil ich
keine rechten und klaren Beweise hatte, es sei alles doch so,
wie wir's bisher geglaubt, und der Traum nur eine
Einbildung gewesen. Herrgott, dacht' ich, wenn's dennoch
wahr wäre! Und es überlief mich eiskalt, und ich dachte
wahrhaftig einen Augenblick, wie ich das arme
händeringende Weib vor mir auf der Erde liegen sah: Das
beste wär', du gingest mit ihr auf und davon, und wo's
recht jäh in einen Abgrund hinunterschießt, drücktet ihr
die Augen ein und spränget geradewegs in die Hölle.
Hernach wurde ich freilich für meinen Part wieder ruhig;
ich überlegte alles noch einmal und blieb zuletzt dabei: Es
kann nicht sein! Aber das arme Weib war nicht damit zu
getrösten. Sie verlangte nicht mehr zu sterben, da's eine
doppelte Sünde wär' wegen des Kindes, aber nach Meran
zurück, und hier müsse sich's entscheiden. Mir selbst war's
ein saurer Gedanke; ich wußte wohl, daß es ohne Lärm hier
zu Hause nicht abgehen würde. Aber da die Moidi immer
verwirrter aus den Augen schaute, zudem auch die Bäuerin
was Unrechts witterte und mir antrug, die Schwester
wegzuschicken, mich aber zu behalten, da war schon nichts
anderes zu machen, als unser Bündel zu schnüren und den
harten Bußweg anzutreten.

Ich will Sie nicht damit langweilen, Hochwürden, wie
jämmerlich uns unterwegs zu Mut war, wenn wir an so

91

manche Stelle kamen, die uns vor sechs Monaten angelacht hatte, und wo nun das arme Weib in jedem Wind Stimmen zu hören glaubte, die sie anklagten und verdammten. Wenn wir Sünde getan hatten, daß wir ohne jemand zu fragen und ohne den Segen der Kirche als Mann und Frau in die Welt gegangen waren, so haben wir's auf dem Heimweg hundertfach abgebüßt, zumal ich selber, da ich's für sie mitzutragen hatte. Und denken Sie nur, als wir wieder an die Bergspitze kamen, wo ich uns im Frühling zusammengegeben hatte, war das Kreuz verschwunden. Wahrscheinlich haben's die Stürme hinuntergerissen. Aber der Moidi fiel es aufs Herz, wie wenn das damals nur ein Blendwerk des Teufels gewesen wäre, der uns in die sündhafte Ehe hätte verlocken wollen, und sie fiel mir ohnmächtig in die Arme, und eine Stunde lang hatt' ich zu tun, sie wieder zu sich zu bringen.-Er schwieg, und es überschauerte ihn sichtbar wie ein Fieberfrost, in der Erinnerung an alle überstandenen Drangsale. Der geistliche Herr war längst aufgestanden und hatte hin und her wandelnd die Beichte mit angehört, während er in immer kürzeren Pausen aus seinem Döschen von Birkenrinde schnupfte. Die letzte Prise hielt er lange zwischen Daumen und Zeigefinger und stand dabei still vor einem großen Kupferstich, die Magdalene in der Wüste darstellend, dem einzigen Schmuck seiner kahlen vier Wände. Er getraute sich nicht, dem Rat- und Hilfesuchenden das Gesicht zuzuwenden, denn der Fall war so schwierig, daß er wenig Hoffnung hatte, alles glücklich hinauszuführen.

Wo ist sie jetzt? fragte er endlich kleinlaut.

Droben in unserm Häusel auf dem Küchelberg, versetzte der Bursch. Wir sind vor ein paar Stunden angekommen, über Dorf Tirol, und die Leute haben uns wiedererkannt und mit Fingern auf uns gezeigt, und wie ich allein unten durch die

Lauben kam, mochten sie's schon wissen, denn sie sind mir ausgewichen, als hätte ich eine Seuche und Pestilenz an mir. Droben aber sitzt das arme Weib und wartet, daß ich Sie mit heraufbringe, und wenn Sie keinen Trost für sie haben, steh' ich für nichts. Denn es ist ein verzweifelter Geist, der ihr aus den Augen sieht, und ihr armer Verstand hängt an einem dünnen Faden. Noch ein Riß, so fällt er ins Bodenlose; darauf verlassen Sie sich, Hochwürden. Drei Wochen können's weit bringen mit so einem armen Weib.

Er stand nun auch auf, als wollte er dadurch den schweigsamen geistlichen Herrn zu einem Entschlusse treiben. Der aber blieb noch eine ganze Zeitlang vor dem Kupferstich, obwohl er kaum einen Strich davon an der dunklen Wand unterscheiden konnte. Erst die achte Stunde, die es vom Turm schlug, schien ihn zu mahnen, daß Gefahr im Verzuge sei. Er kehrte sich von der Wand ab, machte dem Andree ein Zeichen, daß er sogleich wiederkommen würde, und stieg, das einzige Licht vom Tisch mitnehmend, die Treppe hinab, immer tiefer und tiefer, bis der letzte Schimmer verschwand.

Aber kein Vaterunser lang währte es, so tauchte der Lichtschein wieder auf, und der würdige Herr erschien mit eilfertigem Keuchen und trug eine Maßflasche, mit einem zartgelben Wein gefüllt, wie einen Säugling im Arm, die Magd hinter ihm mit reinen Gläsern. Siehe, sagte er zu Andree, der zerstreut und ungeduldig dareinschaute, dieses ist der wahre Seelentrost und Mitstreiter, und ehe wir andere trösten, geziemt es, unser eigenes Gemüt zu kräftigen. Trink, armer Sohn; du wirst ihn noch wiederkennen. Er ist herber geworden seit den zehn Jahren, aber reifer und gesetzter; da schau, er wirft keine Bläschen mehr.

Und mit heiterem Gesicht hielt er das reine Gold gegen das

Licht, ehe er trank, und stieß mit seinem bekümmerten Pflegling herzlich an. Ich hoff', es soll noch gut werden, sagte er, denn schon übte die Nähe des edlen Trunkes ihre ermutigende Wirkung. Gaudete in Domino semper, stehet geschrieben, und darum trink, mein Sohn, und hernach wollen wir auch der armen Büßerin ein Fläschlein füllen, denn sie wird es brauchen können.

Nun sprachen sie kein Wort mehr zusammen, sondern der Zehnuhrmesser ging immer auf und ab, wie ein General in seinem Zelt, der über den Schlachtplan nachdenkt, und trank dazwischen in großen Zügen und setzte das Glas jedesmal mit einem herzhafteren Ruck wieder auf den Tisch. Als die große Flasche halb leer war, nahm er mit einem raschen Griff die Geige von der Wand und fing an, immer auf und ab wandelnd, eine schöne alte italienische Kantate zu streichen, mit vielen krausen Fiorituren verbrämt, ein Stück, das er immer an wichtigen und bedeutsamen Tagen zu spielen pflegte, auch des Katers Leibstück, der mit freudigem Schnurren auf den Tisch sprang, um das Licht herumwandelte und mit den großen grünen Augen den Andree ansah, als wollte er ihn auffordern, ebenfalls guter Dinge zu sein. Dem aber brannte vor Ungeduld der Boden unter den Füßen, und nur seine Ehrfurcht und das eigene Schuldbewußtsein hielten ihn ab, den geistlichen Herrn in seinem Konzert zu unterbrechen und daran zu erinnern, daß die Moidi die Minuten zähle, bis er ihr Trost brächte.

Endlich aber legte der geistliche Herr die Geige weg, trocknete sich mit dem Ärmel seines Hauskleides die Stirn und fuhr dann rasch in sein schwarzes Gewand. Die Magd kam, goß den Rest des Terlaners in ein Fläschchen, das Andree einstecken mußte, brachte dem Herrn seinen Hut und leuchtete ihnen die Treppe hinunter. In der Laubengasse war es indessen stiller geworden, nur aus den

Schenken hörte man das Singen und Lachen der welschen Maurer und Tagelöhner und hie und da Streit und heftige Reden, und die Wächter saßen bei den offenen Buden und rüsteten sich auf die Nacht, die kalt zu werden versprach. Als sie auf den Platz kamen, wo die Kirche steht, blieb der Zehnuhrmesser stehen und sagte: Geh jetzt voraus, mein Sohn; ich hab' erst noch beim Herrn Dekan ein Geschäft, zu dem ich dich nicht mitnehmen kann. In einer halben Stunde komm' ich nach; und sag einstweilen der Moidi, daß ich gesagt hätt', es wird noch alles gut.

Er reichte dem Andree die Hand, die dieser ehrerbietig küßte, und stand dann noch eine Weile unten am Pfarrhaus, ehe er sich entschließen konnte, hinaufzugehen. Aber der Terlaner half ihm, und nur mit einigem Herzklopfen, wegen der steilen Steintreppe, langte er droben in der Pfarrwohnung an.

Was er dort an jenem Abend gesprochen, und was ihm geantwortet worden, hat er niemand verraten wollen. Als er aber eine Viertelstunde später wieder hinunterstieg, war sein Wesen sehr verwandelt, der Geist des Terlaners von ihm gewichen und eine tiefe Niedergeschlagenheit dafür eingetreten. Er seufzte oft, während er die rauhe Straße zum Küchelberg hinanstieg, und als er endlich droben das Häuschen liegen sah, ans dessen kleinen Fenstern ein schwacher Lichtschein dämmerte, seufzte er noch stärker und wäre am liebsten wieder umgekehrt. Aber wenn er nicht helfen konnte, wollte er die Armen wenigstens nicht allein lassen in ihrem Unglück, und so öffnete er ohne anzuklopfen die niedrige Tür und trat über die wohlbekannte Schwelle.

Er fand das junge Paar in der Küche, wo die Mutter gestorben war; der Andree stand am Herd und blies eben das Feuer an, um eine Polenta zu kochen, die Moidi saß still und teilnahmslos auf dem Bett drüben an der Wand, den Mantel noch umgeschlagen, in welchem sie die weite Wanderung gemacht hatte, als sei sie noch nicht zu Hause und werde auch nirgends wieder eine Heimat finden. Als der geistliche Herr an sie herantrat und ihr guten Abend sagte, fuhr sie zusammen, machte ein Bewegung, als wollte sie aufstehn, sank aber wieder auf das Bett zurück und saß in sich geschmiegt, die Hände vors Gesicht gedrückt, ohne einen Laut von sich zu geben.

Moidi, sagte der kleine Herr, kennst du mich nicht mehr?

Sie nickte hastig vor sich hin.

Willst du mir nicht einmal ins Gesicht sehen, und hast kein Vertrauen zu mir?

Sie antwortete nicht, aber er sah, wie ihr ganzer Leib zitterte. Er schüttelte traurig den Kopf. Andree, sagte er, geh einstweilen in die Kammer, ich habe mit der Moidi allein zu reden.

Der Bursch gehorchte ohne Verzug, trat aber nicht in die Kammer, sondern ging ins Freie; es war ihm zu eng und schwül in dem Hause, wo er so viel Leids erfahren hatte.

Nun, meine Tochter, fing der Zehnuhrmesser wieder an, nun fasse ein Herz zu mir und höre, was ich dir sage. Ihr habt freilich Sünde getan, und wenn es euch hart ergangen ist, so habt ihr's als eine gerechte Zucht und Buße vom Herrn hinzunehmen. Aber so schwer ist eure Sünde nicht, daß ihr sie nicht wieder gutmachen könnt, und was dich am meisten ängstigt und dein Gewissen beschwert, kann ich — dem Himmel sei Dank — von dir nehmen, indem ich sage und bezeuge: Andree ist nicht deiner Mutter Sohn, und der Segen der Kirche darf und wird euch zu christlichen

Eheleuten machen. Also sei getrost und erhebe dein
Angesicht und betrübe mich und den Andree nicht mit
deinen Einbildungen, die das Übel nur ärger machen und
dem bösen Feind entstammen, der die Seelen verderben will.

Er erwartete, daß sie auf diese Worte ruhiger werden und
endlich ein Wort sprechen würde. Aber sie blieb
unbeweglich sitzen, als gälte alles, was er sagte, nicht ihr. Er
trat noch näher zu ihr heran und nahm ihr mit sanfter
Gewalt die Hände, die kalt und feucht waren, vom Gesicht.
Da sah er, daß ihre weichen, kindlichen Züge in den kurzen
Monden schmerzlich verwandelt waren. Sie hielt die Augen
fest geschlossen, die Augenbrauen waren gespannt, wie von
einem heftigen Seelenkampf, die Lippen halb offen, und die
blassen Wangen, deren Umrisse feiner und schärfer
erschienen, übergoß plötzlich eine tiefe Röte, als der
geistliche Herr ihr die Hände wegzog.

Er betrachtete sie mit tiefem Mitleiden. Sprich ein Wort,
Moidi, sagte er mit Nachdruck. Ich kann dir nicht helfen,
wenn ich nicht weiß, wo es dir fehlt. Ist es dir nicht genug,
daß ich dir beteure, der Andree ist nicht dein Bruder?

Da schüttelte sie heftig den Kopf und öffnete die Augen mit
einem starren, wilden Wesen, das ihn erschreckte. Ich weiß
es besser, sagte sie dumpf vor sich hin. Die Mutter hat mir's
gesagt, ich soll mich nicht irremachen lassen, sie hätte alle
betrogen, die geistlichen Herren und das Amt und alle. Aber
den Herrgott betrügt niemand. Wie sollt's auch anders sein?
Wo ist denn seine Mutter, und warum hilft sie ihm nicht,
jetzt da er elend ist? Ich weiß es besser, uns hilft niemand,
niemand wird uns zusammengeben als der Tod, und nun
geht und laßt mich allein, was sucht Ihr hier? Ich muß nur
erst das Kind-Da stockte sie, und es schüttelte sie wieder
über den ganzen Leib, und sie schloß die Augen von neuem.
Plötzlich wurde sie wieder stiller, als sinne sie über etwas

97

nach. Ist es wahr, sagte sie mit furchtsamem Ton, in die Kirche soll ich mit ihm, und Ihr wollt den Segen über uns sprechen? Ja, wenn das anginge, das wäre wohl schön. Aber ich weiß es besser, ihr seid alle betrogen; wenn Ihr's tun wolltet und es käm' die Stelle, ob jemand Einspruch zu tun hätte, daß der Andree und die Moidi ein Paar werden sollen, da würdet Ihr's erleben, da würde plötzlich die Mutter am Hochaltar stehn und lachen, daß sie Euch betrogen hat, und Ihr könntet den Segen nicht sprechen. So wird es kommen; ich weiß es besser!

Moidi, sagte der geistliche Herr mit fester Stimme, du bist ein unwissendes Ding, und was du da schwatzest, ist alles eine Vorspiegelung des bösen Feindes, um dich in noch größere Sünde zu verstricken. Ist es dir nicht genug, wenn ich dir sage, ich weiß, wer des Andree Mutter und Vater sind, und ich darf's nur nicht sagen, weil es mir von denen verboten ist, denen ich Gehorsam schuldig bin?

Sie sah plötzlich groß auf zu ihm, ohne ein Wort über die Lippen zu bringen. Aber in ihrem Gesicht lag ein so angstvolles Flehen, daß er tief davon erschüttert wurde und sich abwenden mußte, um sich wieder zu fassen. Da hörte er, wie sie leise höhnisch vor sich hinlachte. Seht Ihr wohl, sagte sie, Ihr könnt mir nicht dabei ins Gesicht sehn, es ist alles erlogen, nur damit ich wieder froh werden soll; der Andree wird Euch darum gebeten haben, es geht ihm so zu Herzen, aber wer kann uns helfen? Wenn Ihr wüßtet, wer seine Eltern sind, würdet Ihr wohl zu ihnen gehn und ihnen davon sagen, daß man mit Fingern auf die Moidi und den Andree zeigt, weil die Leute sagen, sie seien Bruder und Schwester und hätten doch ein Kind. Aber Ihr könnt die Eltern nicht rufen, denn wo sind sie? Die Mutter kenne ich wohl, sie hat mir's im Traum gesagt, mich macht niemand irre, ich weiß es besser!-Da widerstand er nicht länger. Höre

mich an, sagte er und trat dicht an ihr Bette. Ich kann deine
armseligen Reden nicht mehr hören und will dir sagen, was
ich weiß, und was so wahr ist, wie daß ein barmherziger
Gott im Himmel wohnt. Aber gelobe nur erst bei deiner
armen Seele, daß du nie einem Menschen, am wenigsten dem
Andree, das wiedersagen willst, was ich dir gegen meine
Pflicht und kirchlichen Gehorsam vertrauen werde, weil
dein Geist schwer verstört ist und es noch schlimmer
werden möchte, wofern ich schweige. Willst du mir auf das
heilige Sakrament versprechen, es für dich zu behalten?

Sie nickte dreimal mit aufmerksamer Miene, in der ein
schwacher Schimmer von Hoffnung aufdämmerte. Siehe,
fuhr er fort, der Andree bedarf's nicht; er hat keine Zweifel
und Gewissensqual und wird dich ohne Furcht in die
Kirche führen. Und ich denke wohl auch, daß dann seine
Mutter mit unter den anderen sitzen und im stillen den
Segen mitbeten wird, aber nicht der abgeschiedene Geist der
Maria Ingram, deiner armen Mutter, sondern — und er neigte
seinen Mund dicht an ihr Ohr — die Tante der Rosine, die
Anna Hirzer, die ihn aus der Taufe gehoben, die wird
mitbeten und wahrlich keinen Einspruch tun.

Er hatte die Worte mit hastigem Flüstern herausgestoßen
und fuhr, wie von seiner eigenen Rede erschreckt, in die
Höhe, ob kein dritter sie gehört habe. Das junge Weib saß
still und starr; es war, als hätte die Enthüllung dieses
Geheimnisses keinen Eindruck auf ihre verstörte Seele
gemacht.

Nun du so viel weißt, meine Tochter, fing der kleine Priester
nach einer Pause wieder an, sollst du auch wissen, wie das
alles gekommen ist, denn sonst dächtest du, auch das sei
nur eine Vorspiegelung. Du weißt aber wohl, daß deine
Mutter den kleinen Andree damals von der Alm mit
heruntergebracht hat. Auf selbiger Alm hat ihn die Anna

Hirzer geboren. Ein Jahr zuvor nämlich ist ein fremder Herr aus Deutschland nach Innsbruck gekommen, ein Offizier, der hatte einen Feldzug gegen den Napoleon mitgemacht, und wie seine Wunden geheilt waren, schickten ihn die Ärzte ins Tirol hinein, weil die Luft droben, wo er zu Hause war, ihm nicht guttat. Nun, da hat er die Anna Hirzer auf der Straße gesehen, und es ist bald richtig zwischen ihnen geworden, denn er war ein rascher und ritterlicher Herr, und was er sich in den Kopf gesetzt hatte, das mußte geschehen, grad wie der Andree es von klein auf gemacht hat. Aber die Sache hatte noch einen schlimmen Haken, denn der Offizier—du hörst doch, was ich sage, Moidi?

Sie nickte rasch mit dem Kopf und hob beide Hände auf, als wollte sie ihn bitten, sich nicht über ihr starres Wesen zu verwundern, sondern ruhig fortzuerzählen.

Ja siehe, Kind, sagte er, der Herr war sonst ein wackrer Herr, von Adel und reich, und gedachte die Anna auch zu heiraten. Aber er war ein Lutheraner und wollte von unserer heiligen Kirche nichts wissen, und die Anna weinte Tage und Nächte, daß sie ihn in der Verdammnis wissen und ihm nicht helfen sollte. Und als sie merkte, daß ihr Bitten und Beten nichts über ihn vermochte, ist sie zu ihrem Beichtvater gegangen, der hat ihr geraten, ihr Herz Gott zum Opfer zu bringen und vor dem Versucher zu fliehen. Und weil sie ein frommes und heiliges Gemüt hatte, ist sie auch wirklich von Innsbruck weg, ganz heimlich, daß es ihr Bräutigam erst erfuhr, als sie schon wieder auf Goyen angekommen war, bei ihrem Bruder. Der hat sie sehr gelobt, daß sie lieber geflohen war, als das schwere Ärgernis zu geben; denn du weißt, daß die Hirzers allezeit eifrig gewesen sind für unsern katholischen Glauben, und der Joseph pflegte zu sagen, lieber den rechten Arm wollt' er missen, als ein Glied seiner Familie verlorengeben an die Ketzer und

Widerchristen. Die Anna aber hatte sich doch zuviel
zugetraut, denn schon nach ein paar Tagen glich sie sich
selber nicht mehr und ging wie ein Schatten herum, nahm
auch kaum einen Mund voll Speise, daß ich dachte, sie wird
ausgehn wie eine Lampe, der man kein Öl nachschüttet. Sie
hing schon allzusehr an dem Fremden, und Gott weiß, was
ich drum gegeben hätte, wenn sich die armen Leutchen
hätten ehelich verbinden können. Ich hab' auch mit dem
Herrn Dekan damals viel verhandelt, aber zuletzt zerschlug
sich's immer wieder, weil die Kinder nicht auch verdammt
sein sollten, das hätte auch die Anna nicht übers Herz
gebracht. Und so vergingen sechs oder sieben Tage; da
kommt der Joseph eines Morgens zu mir, feuerrot vor Wut
und Ärger, und erzählt mir, der Ketzer, der Bräutigam, sei
ihr nun wirklich nachgereist und wohne auf Schloß
Trautmannsdorf, weil er mit dem Grafen bekannt sei. Was
nun werden solle?—Ich wieder zum Dekan, und wieder der
alte Bescheid; und dann zur Anna hinauf und von der zu
dem Fremden—an die Tage will ich denken, so alt ich
werden mag, die haben mich nicht wenig Schweiß und
Herzblut gekostet. Aber während wir noch alle mit Sorgen
und Reden und Raten zu schaffen hatten und ich fast
glaubte, wir würden an dem Fremden, der ein sehr
ehrerbietiges Benehmen gegen mich hatte, der Kirche einen
verlornen Sohn zuführen, wußte sich der trotzige und
wagehalsige Mann heimlich des Nachts auf Schloß Goyen
zu schleichen und trotz der Wachsamkeit des Joseph seine
Liebste wiederzusehen. Wohl vier Wochen lang dauerte die
Heimlichkeit. Eines Morgens aber, noch lang vor der ersten
Messe, als er in der grauen Dämmerung eben wieder
fortwollte und zwar wie immer zum Fenster hinaus, wo
neben der rauhen Burgmauer die Fichte so dicht stand, daß
er sich wie an einer Leiter hinunterschwingen konnte, da
war der Joseph Hirzer früher als sonst aufgewacht und sah
die Gestalt herabklimmen und wußte alles. Da gab es einen

wilden Kampf in der stillen Schlucht droben, wo's nach der Naif zu steil abfällt, und die Anna mußte aus ihrem Fenster mit ansehn, wie der Bruder den Bräutigam zuletzt niederrang und ihn mit den Füßen trat. Der Fremde war aber gegen einen Felsen gefallen und hatte sich so schwer verletzt, daß er sich nur mühselig, eh' es Tag wurde, bis nach Trautmannsdorf schleppen konnte und dort elendiglich darniederlag. Er verlangte gleich, sobald er zur Besinnung kam, fort, und so ließ ihn der Graf in seinem eigenen Wagen nach Venedig bringen, und kaum drei Wochen war er dort, so kam die Nachricht, daß er gestorben sei.

Der kleine Priester schwieg ein wenig, nahm bedächtig eine Prise aus dem Rindendöschen und sagte dann, vor sich hin blickend: Friede sei seiner Seele! Er war ein feiner und edelmütiger Kavalier und stattlich von Gesicht und Statur. Der Andree ist sein wahres Ebenbild, nur daß er kleiner ist und die Augen von der Mutter hat. Niemals ist mir's so nah gegangen wie damals, zu denken, warum doch der verschiedene Glaube unter den Menschen bestehen muß und der eine verdammen, der andere selig machen. Aber Gott hat es so eingesetzt, und wir kurzsichtigen Menschen müssen es hinnehmen. Ich war es selbst, der aus Venedig die Nachricht der Anna bringen mußte. Das war auch ein saurer Gang, meine Tochter! Es ist aber hernach wieder friedlich droben zugegangen, der Joseph und die Anna haben sich kein böses Wort drüber sagen dürfen, sie hatten sich beide was zu vergeben. Und wie der Sommer kam, ist die Anna zum Schein nach Bozen abgereist, heimlich aber ging sie auf die Alm zu deiner Mutter, denn außer uns fünfen hat nie eine lebendige Seele erfahren, was in jener Nacht geschehen. Nicht einmal auf Trautmannsdorf wußten sie, zu wem der fremde Herr bei Nacht auf Besuch ging. Und als alles vorbei war und deine Mutter den Knaben von der Alm mit nach Hause gebracht hatte, da ließ die Anna ihr Testament aufsetzen und verschrieb ihr halbes Vermögen der Kirche von Meran und die andere Hälfte der Kirche in Innsbruck, wo sie ihren Bräutigam zum erstenmal gesprochen hatte, und stiftete jährlich eine Anzahl heiliger Messen für die Seele des Toten, ob der Herrgott sich seiner erbarmen möchte. Das ist nun alles so gekommen und nicht mehr zu ändern, und ist besser, das alte Ärgernis, das nunmehr eingeschlafen ist, nicht aufzuwecken. Auch würde es dem Andree übel anstehn, das Testament anzufechten und die Seele seines Vaters der kirchlichen Gnaden zu berauben. Also ist es auch für ihn heilsamer, er erfährt sein Lebtag nichts von Vater und Mutter, zumal er ja auch kein Verlangen danach trägt. Du aber, meine Tochter, wirst dessen eingedenk sein, was du mir gelobt hast, und dann wird die heilige Mutter Gottes Fürbitte tun, daß eure Sünden euch vergeben werden und ihr ein friedliches und Gott wohlgefälliges Leben miteinander führen könnt nach so mancherlei Prüfung. Amen!

Er hatte die letzten Worte in feierlich ermahnendem Ton mit erhobener Stimme gesagt und wartete jetzt, ob sie noch eine Frage zu tun oder einen Einwand vorzubringen hatte. Sie aber saß mit geschlossenen Augen ganz still auf dem Bette, den Kopf an die Wand zurückgelehnt, die Hände im Schoß gefaltet. Die ängstliche Wildheit war aus ihrem Gesicht gewichen, die Stirn unter dem wirren blonden Haar geglättet und heiter, ihre Brust atmete friedlich. Nach einer kleinen Weile neigte sich das Haupt auf die Schulter, und die verschlungenen Hände lösten sich. Die Erzählung des kleinen Seelsorgers hatte sie wie ein Wiegenlied eingelullt, und sie war nach den Mühen und Beschwerden der letzten Zeit zum erstenmal wieder in einen tiefen, traumlosen Schlaf gesunken.

Der Hilfspriester stand auf, mit zweifelhafter Miene; eine solche Wirkung seiner Seelsorge hatte er nicht erwartet. Es fiel ihm jetzt erst wieder aufs Gewissen, daß er einem armen gestörten Wesen, das schwerlich ganz zurechnungsfähig sei, das bedenkliche Geheimnis in die Hand geliefert habe. Und sie hatte nicht einmal ihr Gelübde, zu schweigen, selber abgelegt und nur zu allem genickt mit zerstreutem Blick und vielleicht tauben Ohren. Aber was geschehen, war nicht zu ändern, und so viel wenigstens gewonnen, daß sie schlief und also für diese Nacht kein Unheil stiften konnte. Morgen ließ sich dann weiter sorgen.

Leise trat er von dem Bette zurück und ging aus der Tür. Andree saß noch draußen auf der Bank, stand aber nicht auf, als der geistliche Freund herauskam. Auch er, da er sein armes Weib in treuer Flut wußte, hatte die überwachten Sinne nach so langer Anspannung endlich wieder sich selbst überlassen, und so war der Schlaf über ihn gekommen, der beste Seelsorger der Jugend.

Zu derselben Stunde dachte droben auf Schloß Goyen niemand an Schlaf. Am späten Abend war ein Bursch aus Dorf Tirol, der auch vorzeiten der Moidi nachgegangen war, zum Franz gekommen und hatte ihm die Neuigkeit von der Heimkehr der beiden Verschollenen und wie es um die Moidi stehe, hinterbracht. Es sei ein großer Zorn unter allen Leuten und ein allgemeines Gerede, das dürfe, nicht geduldet werden, die Geistlichkeit müsse einschreiten und solchen Greuel mit Bann und Feuer von der Erde tilgen, zum furchtbaren Exempel für alle Zeiten.

Den Franz traf diese Nachricht gerade in der übelsten Laune. Er war frischweg von einem Bräutigamszwist mit der jungen Witwe nach Haus gekommen, und da man ihm droben in solchen Stimmungen sorgfältig aus dem Wege ging, griff er begierig nach dem neuen Anlaß, seine Galle zu erleichtern. Er konnte sich's nicht versagen, in das Zimmer zu treten, wo der Vater hinter der Flasche und einem alten Zeitungsblatt, die Tante und die Rosine an ihren Spinnrädern saßen, um hier im derbsten Stil die saubere Historie von den beiden Landfahrern zum besten zu geben. Niemand erwiderte ihm ein Wort, es war ihm aber schon eine Genugtuung zu sehen, daß die Tante totenblaß wurde und der Rosel in die Arme sank. Sie hatte immer dem Andree das Wort geredet; nun mochte sie's erleben, daß er auf die elendste Art zu Grunde ging. Mit einem höhnischen Gute Nacht! ging er aus der Tür und strich mit seinem Gesellen die steilen Pfade hinab durch die laublosen Kastanienwälder der Stadt zu, um dort die Nacht zu verzechen und finstere Pläne zu schmieden.

Die drei, die auf Goyen zurückblieben, saßen wohl eine Viertelstunde schweigend beisammen, die Tante, die sich rasch wieder erholt hatte, schien zu beten, Rosel sah, keines eigenen Gedankens fähig, auf den Vater, der unverändert auf das Zeitungsblatt starrte und heftig rauchte. Endlich stand er auf, klopfte die kleine Holzpfeife bedächtig aus und befahl der Tochter, zu Bett zu gehen.

Als er mit der Anna allein war, trat er dicht vor sie hin und sagte: Laß einmal das Beten! Man betet nichts weg, was einem der Teufel auf den Weg gelegt hat. Du hast gehört, daß der Landstreicher—ich mag ihn nicht nennen—wieder einpassiert ist. Kann wohl sein, daß er Wind davon hat, wie er auf die Welt gekommen ist, und Lärm machen will, um sich aus der Klemme zu helfen. Ich sag' dir aber, über meine Schwelle darf er mir nicht, weder er noch seine Dirne. Unsere Familie soll nicht an die vierzig Jahre in Ehren bestanden haben, um über Nacht den Schimpf zu erfahren, daß solch ein lutherischer Findling sich bei uns eingedrängt und des Joseph Hirzer eigene Schwester auf ihre alten Tage

105

in der Leute Mäuler bringt. Wenn all dein Beten und Heiligsein zu weiter nichts gut gewesen wär', als dich nach zwanzig Jahren zum Kinderspott zu machen, so wollt' ich, du—Er schluckte die Fluchrede hinunter, die er schon auf der Zunge hatte, denn sie sah ihm geradeaus und mit ernsthaftem stolzen Blick in die Augen.—Es ist schon gut, fuhr er in etwas gelinderem Tone fort, wir brauchen darüber nicht viel Redens zu machen, du weißt so gut wie ich, was alles kommen wird, wenn du nicht Vernunft behältst. Ich lasse morgen früh anspannen und fahre mit dir nach Lana, erst in die Messe, hernach zu unserm Vetter, wo du so lange bleiben kannst, bis hier wieder reine Luft ist. Denn ich denke, es soll nicht lange hergehen. Ich will die Hand in die Tasche stecken und ihm ein Abstandsgeld anbieten lassen, wenn er sich verpflichtet, das Weite zu suchen und nimmer heimzukommen. Allenfalls könnte man ihm das Haus samt den Gütern abkaufen und die Dirne in den Kauf geben, so wäre man ihn los und hätte sich nichts gegen ihn vorzuwerfen. Ich will das noch überlegen, 's ist Zeit genug morgen auf der Fahrt, und zu Mittag komm' ich dann heim und kann mit dem Zehnuhrmesser den Handel abkarten, der vermag noch das meiste über den Tollkopf und wird selber einsehen, daß alles Aufsehen vermieden werden muß. Handelst du aber meinem Willen zuwider, Schwester, so laß dir's gesagt sein: Ich treib's, soweit ich kann, damit ich dir nicht einen Kreuzer herauszuzahlen brauch', und müßt' ich mich unter die Erde prozessieren. Nun weißt du's, und nun sei gescheit und rede mir nichts drein und such keine Finten und Umwege. Denn es wäre umsonst; darauf magst du das Sakrament nehmen.

Er ging aus dem Zimmer, ohne eine Antwort abzuwarten, und sie hörte, wie er noch einmal in den Keller hinabstieg, um sich einen Schlaftrunk zu holen, den er trotz seiner festen und zuversichtlichen Rede wohl brauchen mochte.

106

Die Rosine schlich wieder herein und sah die Tante mit scheuen, verweinten Augen an. Komm, sagte die Alte, wir wollen in meine Kammer gehen; ich habe dir was zu sagen.

Sie stand ruhig auf von ihrem Spinnrad, und ihre Hand, die das Licht ergriff, um es über den Flur an ihr Bett zu tragen, zitterte nicht. Während der Bruder ihr seinen harten Willen eröffnet hatte, war auch in ihr ein unerschütterlicher Wille erstarkt. Sie war auch eine Hirzerin, und der Bruder wußte es wohl. Und darum brauchte er den Schlaftrunk, denn trotz seiner drohenden Sicherheit ahnte ihm nichts Gutes. So hatte ihn die Anna nur einmal im Leben angeblickt: als er ihr zum erstenmal nach jenem nächtlichen Kampf wieder unter die Augen zu treten wagte.

Der Schlaftrunk aber tat seine Schuldigkeit. Als unten in Meran die Glocken zur Frühmesse geläutet wurden, lag der Herr von Schloß Goyen noch im tiefen Schlaf und überhörte es auch, daß der alte Hofhund freudig aufbellte und mit der Kette rasselte. Auch der Franz konnte es nicht hören, er hatte die Nacht in Meran zugebracht. So stiegen die beiden weiblichen Gestalten in ihren dunklen Sonntagsgewändern unbemerkt die Holzstufen an der Mauer herab und traten ihren Weg durch die neblige Winterfrühe schweigend und eilfertig an.

Sie hatten beide die Nacht durchwacht und den Morgen herbeigesehnt. Denn die Alte hatte der Jungen alles erzählt, was diese bisher nur dunkel ahnte und aus einzelnen aufgefangenen Worten des Vaters, wenn er im Rausch war, sich zusammenreimen konnte. Das geheimste Fach ihres großen Wandschrankes war aufgeschlossen worden, und alte Briefe, ein kleines Bildnis des Toten und die verblichenen Geschenke, die sie von ihm bewahrte, kamen zum erstenmal vor andere Augen als die beiden, die nicht müde wurden, über sie zu weinen. Nur in dieser Nacht vergossen sie keine

Träne; sie leuchteten vielmehr von einem schönen
Heldenmut, der das ganze Gesicht wunderbar verjüngte, die
Wangen rötete und auch jetzt, da sie durch den Morgen
hinschritt, ihren Gang jugendlich beflügelte, daß die Junge
der Alten nur mit Mühe zur Seite bleiben konnte.

Es lag aber ein Nebel über den Tälern der Naif und Passer,
daß sie wie in einer Wolke wandelten und drüben den
Küchelberg und die Trümmer der alten Zenoburg nur mit
den obersten Zinnen über den Dunst heraufragen sahen.
Noch immer klang das Geläut und dazwischen das Tosen
der Passer, und auf den vielen Fußpfaden links und rechts
hörten sie Kirchgänger, die ihnen im Nebelduft unsichtbar
blieben, eifrig miteinander reden und dann und wann die
beiden Namen nennen, die ihnen das Herz klopfen machten.
Unten am steinernen Steg war es bereits lebhaft von
Männern und Weibern, die ehrfurchtsvoll grüßten, als die
Anna Hirzer, die Heilige, in ungewohnter Hast durch sie
hindurchschritt. Auch standen alle still und steckten die
Köpfe zusammen. Denn die Alte wandelte nicht wie sonst
mit dem Strome der übrigen links durch das graue Stadttor
der Kirche zu, sondern man sah sie in die steile Straße zur
Rechten einbiegen, die auf den Küchelberg führt. Viele
gingen ihr nach, zumal die Straße ungewöhnlich belebt war,
als seien droben wundersame Dinge zu schauen. Stieg doch
die Anna Hirzer hinauf, die Heilige, des Andree Pate. Was
wird sie dem verirrten Paar, das in Schmach und Sünde
wieder heimgekommen ist, zu sagen haben? Will sie mit
ihrer Heiligkeit die armen Sünder gegen geistliches und
weltliches Gericht beschützen, oder selbst das Wort der
Verdammnis über sie aussprechen?

So raunten die Bauern und ihre Weiber untereinander. Die
Anna aber sah nicht rechts noch links, erwiderte auch die
Grüße kaum mit einem leisen Kopfnicken, sondern ging die

steinige Fahrstraße hinan, als wäre sie schon ein abgeschiedener Geist, der weder irdische Beschwerde fühlen, noch Menschenrede achten könne. Dicht hinter ihr schritt die Rosine mit de in stillen Gesicht, das alle gewohnt waren. Nur war es heute so bleich, daß mitleidige Weiber es sich mit Achselzucken und Kopfschütteln zeigten, während das Gesicht der Alten von einem frischen Rot angehaucht war. Sie nahm sich auch nicht die Zeit, auf der halben Höhe auszurasten, wo eine Bank am Felsen stand. Es war, als triebe sie die Ahnung vorwärts, daß sie keine Minute zu verlieren habe.

Und freilich hatte die Nacht Unheil gebraut und gegen Morgen ein drohendes Gewitter um das kleine Haus auf dem Küchelberg zusammengezogen. Bald nach Mitternacht war der Schläfer vor der Tür aufgewacht, von der Kälte geschüttelt. Er hatte sich sacht in den Flur geschlichen, und als er sein armes Weib sanft eingeschlafen fand, vor den Herd gestreckt, um noch ein paar Stunden auszuruhen. Als er von seinen bangen Träumen im Zwielicht des weißen Morgennebels erwachte, hörte er Stimmen vor dem Fenster und sah Gestalten durch die Scheiben hereinspähen, die dann wieder verschwanden, um anderen Platz zu machen. Er horchte durch die Haustür, die er zum Glück in der Nacht verriegelt hatte, und vernahm abgerissene Worte, die ihn nicht zweifelhaft ließen, was draußen umgehe. Aber wenn er erst durch den Nebel hätte blicken und die Straßen und Gärten überschauen können, wäre ihm vollends das Herz gesunken und das Haar zu Berg gestanden.

Denn draußen hatte sich die halbe Bevölkerung der Dörfer Tirol, Gratsch und Algund, durch welche sie tags zuvor in ihrem elenden Aufzug gewandert waren, in dichten Massen angesammelt, und keinem kam es darauf an, die erste Messe zu versäumen. Was sie hier suchten und weshalb sie das

Haus umstanden, wußte so eigentlich niemand. Bei allen regte sich nur das dunkle Gefühl, daß sich etwas Unerhörtes mit zwei Menschen ereignen müsse, die so unerhört sich versündigt, die Neugier, wie sich die Obrigkeit dem Greuel gegenüber benehmen würde, bei sehr wenigen das Mitleiden. Denn was die blonde Moidi etwa an Teilnahme der Nachbarn genoß, wurde durch die geringe Gunst, die sich der wortkarge Andree erworben, ja durch die Feindseligkeit, zu der sein herrisches Wesen die jungen Burschen gereizt hatte, völlig wieder aufgewogen.

Und so hörte man unter den Haufen der Neugierigen nur finstere Reden und sah nur strenge Gesichter. Von Meran herauf gesellten sich nicht wenige hinzu, auch ein stattlicher Trupp von den Weißjacken, die des Andree Abenteuer mit ihrem welschen Kameraden noch nicht vergessen hatten, und je länger das Geläut zur Kirche anhielt, desto zahlreicher strömte drüben aus den Passeirer Dörfern das Landvolk die steilen Bergpfade herauf Denn seitdem man Reben am Küchelberg gezogen und Wein gekeltert hatte, war manche wilde und blutige Tat und mancher empörende Frevel geschehen, aber einer Todsünde, die so frei und frank sich vor das Auge der Menschen gewagt hätte, konnte sich niemand entsinnen.

Während nun das Summen und Murren der Volksmenge immer noch anwuchs und doch keiner wußte, was werden sollte, hörte man plötzlich, da gerade die Glocken eben verhallten, eine rauhe Stimme überlaut rufen: Schlagt die Tür ein! Mit den Fäusten will ich ihn herausschleppen, den Lump, den elenden, in Stücke will ich ihn zerfetzen, hin muß er werden, 's ist ihm geschworen, so wahr ich der Hirzerfranz bin, mit vier Rossen soll er zerrissen werden und Glied vor Glied in die Passer geschmissen, so gehört sich's dem Höllenhund, und wer was dawider hat, der soll's

110

mit mir zu tun kriegen.

Eine lautlose Stille hatte sich auf einen Schlag über die Kopf an Kopf gedrängte Menge gelagert. Die tausend neugierigen Augen richteten sich auf die Straße, auf der der Hirzerfranz daherschwankte, rechts und links von einem seiner Zechkumpane geführt, mit denen er die Nacht drunten in der Schenke zusammengesessen hatte. Er war ohne Hut, das Gesicht stark gerötet, aber sein Gang und Wesen nicht wie eines Trunkenen. Der Haß und das Bewußtsein, der Wortführer der großen Menge zu sein und eine preiswürdige Rachetat zu vollziehen, hatten ihn nach kurzem Schlaf völlig wieder ernüchtert.

Der Gefangene im Hause drinnen hörte die wütenden Worte deutlich und gleich darauf das orkanartige Brausen der tausend Zurufe, die von allen Seiten losbrachen und den Vollstrecker des Strafgerichts ermunterten. Er hörte, wie das Gewühl näher heranschwoll, und es überlief ihn todeskalt. Sein eigenes Leben hätte er immerhin darangegeben; die Welt war ihm feindlich gewesen von Jugend auf. Aber das arme junge Geschöpf, das drinnen so ahnungslos von der wochenlangen Mühsal ausruhte, wie konnte er es retten, wie ertragen, daß es um seinetwillen ein furchtbares Martyrium erlitt? Sollte er hinaustreten, um sich zu opfern und alle Schuld auf sich allein zu nehmen? Aber wer würde ihn anhören, wer ihm glauben, selbst wenn er sich auf das Zeugnis seines geistlichen Freundes berief? Und doch mußte es versucht werden, auf alle Gefahr, denn das Getümmel draußen erhitzte sich mit jeder Minute. Er hörte jetzt auch, wie sein alter Geselle, der Köbele, sich ins Mittel zu legen und den Franz wegzudrängen versuchte. Sie sollten warten, was das Amt beschließen würde, der Herr Dekan solle gerufen werden oder der Zehnuhrmesser, der der Beichtvater der schwarzen Moidi gewesen sei, es sei nicht richtig mit

dem Handel, die Gerichte würden's schon ausweisen. Und
dann wieder die überlaute Fluch- und Greuelrede des Franz,
und dazwischen Geschrei welscher Soldaten, das
Ruheheischen einiger alter Männer, Zeter und Wehklage der
Weiber und bis zu den fernsten Gruppen hinüber der
dumpfe Widerhall einer empörten Menschenmenge, die von
blinden Leidenschaften hin und her gerissen wurde.

Der Gefangene gab sich verloren. Schon bedachte er, ob er
nicht die Moidi wecken und dann seinen Stutzen von der
Wand nehmen und sie und sich erschießen sollte, um sie vor
Ärgerem zu bewahren; da wurde es draußen auf einmal
stiller, und er hörte ein vielfaches Beschwichtigen und
Ruhegebieten, dem nur der Franz nicht gehorchte. Aber
auch dessen Stimme verstummte plötzlich, und statt ihrer
vernahm der Lauscher drinnen im Flur die sanfte, aber feste
Stimme der Tante Anna, die jetzt nur noch wenige Schritte
von dem Hause entfernt sein konnte.

Du solltest dich schämen, Franz, hörte er sie sagen, hier am
heiligen Sonntag zu toben und zu fluchen und die anderen
Leute aufzuhetzen, die alle nicht wissen, was sie hier tun.
Geh heim, auf der Stelle, und zieh dein Feiertagsgewand an,
und dann komm wieder herab zur Kirche und bete zu
unserm Heiland auf den Knien, daß er dir deine Sünden
nicht schwerer anrechne als dem Andree und der Moidi da
drinnen, die du armseliger Mensch zu Gericht ziehen willst,
als wärest du der Richter, und bist selbst nur ein
unwissender, sündiger Mensch, wie wir alle sind. Steh mir
hier nicht länger im Weg, fuhr sie mit erhobener Stimme
fort, und ihr andern geht auch eurer Wege; nur ich habe ein
Recht, an diese Tür zu klopfen, denn daß ihr es nur wißt, da
drinnen wohnt mein Sohn, den ich mit Schmerzen geboren
und lange Jahre verleugnet habe, weil ich ein schwaches
Weib gewesen bin und die Schande vor der Welt gefürchtet

habe. Jetzt aber sage und bezeuge ich vor dem Angesicht Gottes des Vaters und des Sohnes und des heiligen Geistes und vor den Ohren aller, die hier versammelt sind: Mein ist er, und wer ihn anklagen oder schmähen will, der klage mich an, denn ich habe es verschuldet, daß er in Schuld und Elend gefallen ist, weil ich ihn nicht an meiner Hand gehalten habe, wie eine Mutter ihr Kind halten soll, sondern habe ihn einer Fremden überlassen, die ihn nicht lieben konnte. Nun wisset ihr's, und nun gehet in die Kirche hinunter und betet für eine große Sünderin, die ihr für fromm und gerecht gehalten und geehrt habt, und die von allen Frauen die letzte und verachtetste sein muß, wenn Gott sich ihrer Reu' und Leiden nicht in Gnaden erbarmen will.

Als sie das gesprochen hatte, blieb alles stumm, und niemand regte sich von der Stelle, außer dem Franz, der verstört zurückwich und jetzt unter der Menge verschwand. Die Anna aber pochte an die Tür des Hauses, die sich alsbald öffnete. Auf der Schwelle stand der Andree wie ein Träumender. Da sah er die Augen der Mutter auf ihn gerichtet und sah, wie sie überflossen und wie ihr die Knie wankten, als sie einen Schritt ihm entgegen tat, und sie wäre vor ihm niedergefallen, wenn er nicht beide Arme fest um sie geschlungen und sie wieder aufgerichtet hätte, daß sie an seiner Brust sicher ruhen und sich ausweinen konnte. Jetzt erst kam wieder Leben unter die Volkshaufen; aber sie lösten sich geräuschlos auf, untereinander flüsternd, die Weiber drückten ihre Tücher gegen die Augen, die Männer gingen schweigsam hinweg. Viele blieben zurück und starrten in die offene Türe, in der die Mutter mit ihrem Sohn verschwunden war.

Es währte auch nicht lange, so traten sie wieder heraus, die Mutter in der Mitte, der Andree zu ihrer Rechten, die Moidi zur Linken, alle drei Hand in Hand. Sie sprachen nicht miteinander, sie blickten mit stillen Gesichtern wie verklärt vor sich hin. Und als die Moidi draußen der Rosel ansichtig wurde, ließ sie auf einen Augenblick die Hand der Mutter los und fiel der Getreuen mit weinenden Augen um den Hals. Dann zog sie die Freundin mit sich fort, und die vier wundersam verbundenen Menschen gingen durch die stillen Haufen des Volks die Straße hin, die nach der Stadt hinunterführt. Ein lautloser Strom Andächtiger schloß sich ihnen an.

Unten aber, wo der Marktplatz von Menschen wimmelte, öffnete sich ihnen eine breite Gasse. Das Gerücht war ihnen vorausgeeilt, an allen Haustüren und Fenstern standen die Bürger und Bauern, um die Anna Hirzer zu sehen, die Heilige, die ihren Sohn einherführte, um ihn der ganzen Stadt zu zeigen und Zeugnis abzulegen, daß sie große Sünde getan und der Barmherzigkeit ihres Gottes bedürftiger sei als mancher, der sie heilig gesprochen.

Und eine Stunde später, als die Zehnuhrmesse eingeläutet wurde, kniete die Mutter mit ihren beiden Kindern ganz vorn zwischen den Stühlen auf dem kalten Stein. Der Geistliche am Altar sah sie wohl. Seine Stimme zitterte, als er die ersten Worte sprach. Dann tönte sie immer voller und freudiger durch den hohen Raum, und als die Orgel zum Schluß einfiel, sah er mit einem Blick nach oben, als wolle er allen Segen des Himmels auf das gebeugte graue Haupt und die beiden jugendlichen ihm zur Seite herabflehen.

www.ingramcontent.com/pod-product-compliance
Lightning Source LLC
Chambersburg PA
CBHW032112010726
47493CB00008B/2556